JN440883

4
용사 파티에서 잘려서
고향에 돌아갔더니
멤버 전원이
따라왔다만

"물이 만지면 안 되는 곳을
만지작거리고 있어요!
이 이상 가면
건전하게 끝나지 않을 거예요!"

"내가 움직임을
봉쇄당하다니,
……응, 가슴
간지러워……."

현자의 마사지(??)
"그럼,
바싹 밀착해서……
여길 자극적으로……!"

"양손?!
감싸였어요……?!"
"햐읏?!"
히나의 손이 진 님의
거칠고 남자다움이
느껴지는 손에
감싸여 있어요……
먹히고 있어요…….

CHARACTERS
진 JIN
용사 파티 멤버.
세 명의 '아내'에게
마구 사랑받고 있다.
히나 HINA
마왕의 딸. 마족이지만
순수한 마음을 가지고
있다. 진 님 러브.
Yuusha Party wo
KUBI ni natta node
Kokyou ni Kaettara,
MEMBER ZENIN ga
TSUITEKITA n daga

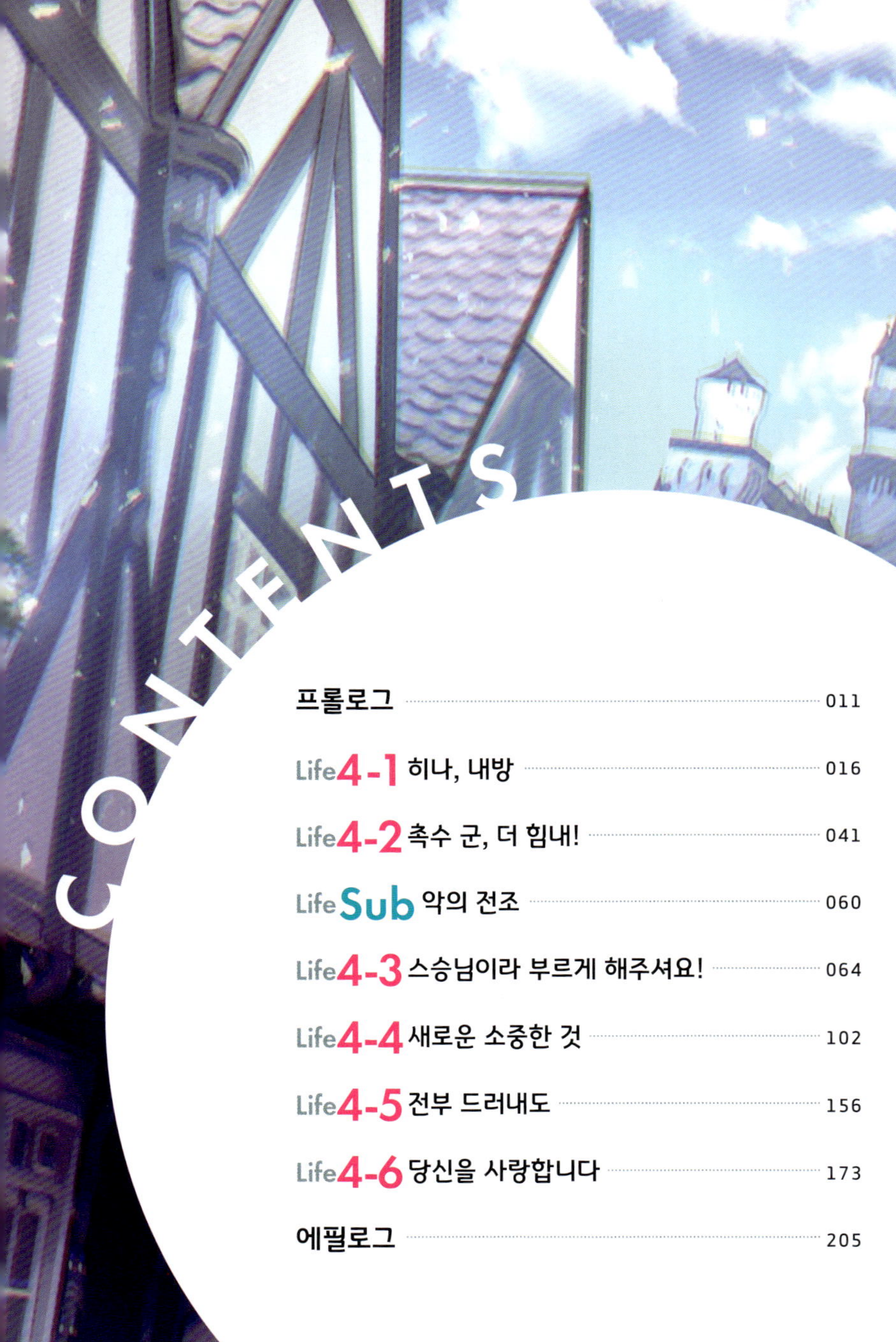

CONTENTS

4
키노메
일러스트
노조미
용사 파티에서 잘려서
고향에 돌아갔더니
멤버 전원이
Yuusha Party wo KUBI ni natta node Kokyou ni Kaettara,
MEMBER ZENIN ga TSUITEKITA n daga
따라왔다만

커버 그림, 본문 일러스트 | **노조미**

Prologue

프롤로그

그것은 아주아주 긴 밤.

히나에게 밤은 즐거운 시간이었어요. 아버님의 일이 끝난 후에 같이 놀 수 있고, 하루의 감상을 듣고 이야기하는 시간도 좋아했어요.

무엇보다도 밤하늘 한가득 펼쳐진 별이 아름다워서 히나의 마음을 붙잡고 놓아주지를 않았어요.

아름다운 밤하늘 아래에서 사랑하는 사람과 함께 사랑을 이야기하고 싶다.

그런 소녀틱하고 멋진 꿈을 안고 침대에서 잠드는 거죠. 그래서 밤이 기다려지곤 했어요.

그러나 지금은 그런 생각을 할 여유가 없어요.

밤은 이렇게나 무서운 시간이었던가요.

적에게 쫓기는 공포와 갈 길을 몰라 매 순간 정신력이 깎여나가는 시간.

파루루카가 없었다면 히나는 진작에 마음이 꺾였을지도 몰라요.

하지만, 그래도 날은 밝았어요. 히나 일행은 드디어 그곳에 다다랐어요.

"파루루카! 저기……!"

"……네, 히나 아가씨. 저희의 목적지…… 메온 왕국의 왕도입니다."

이 세상에서 유일하게 편히 잘 수 있을지도 모르는 곳.

히나는 무심코 파루루카와 하이파이브 하며 서로를 끌어안았어요.

이렇게 포옹하니 지금까지 제대로 먹지 못한 탓에 그녀가 야윈 걸 알 수 있었어요. 피부도 거칠고 탱탱함도 탄력도 약했어요.

"정말…… 정말 고생 많았어요. 파루루카가 없었으면 히나는 어떻게 됐을지……."

"아직입니다, 히나 아가씨. 무사히 왕성에 도착했을 때…… 다시 그 말을 들려주십시오."

"후훗, 그렇죠. 아직 방심하기엔 일러요."

기진맥진했던 몸에 기운이 팔팔 솟았어요.

이 도주극에서 처음으로 보인 희망의 빛이니까요.

아버님께서 지금까지의 방침을 전부 내던지고 옛 마왕의 모습으로 돌아가 버리셨어요.

엘프 마을에 가기 전의 히나였다면 환영했겠지만…… 이제는 그런 무서운 말은 하지 않겠다고 맹세할 수 있어요.

아버님도 그렇게나 즐겁게 인류와의 교류를 모색하고 어떻게 하면 신뢰 관계를 맺을 수 있는지 계속 생각하셨는데…….

솔직히 지금도 믿기지 않아요.

"……분명 아버님께도 뭔가 생각이 있을 거예요. 딸인 히나가 알아차려야 해요……."

"히나 아가씨……."

차분히 생각을 정리할 시간이 필요해요.

마왕성에서 쫓겨나, 자지도 쉬지도 않고 달려온 지금 상태로는 도무지 안 될 것 같아요.

하지만 저곳에는 히나의 이야기를 진지하게 들어줄 분들이 있어요.

분명 진 님과 동료 분들은 히나가 알아차리지 못한 진의를 간파할 거예요.

"……지금은 저기로 들어가는 것만 생각하죠. 우리는 막다른 곳에 몰려있어요. 추적자가 오기 전에 왕성에 들어가야만 해요."

"그럼 바로 들어가시죠. 제 서큐버스의 힘으로 문지기를 홀리면 쉽게──."

"잠깐 기다리세요."

"햐앙?! 아아아아아가씨?!"

파루루카가 의기양양하게 날아가려고 하길래 꼬리를 붙잡았어요.

……진 님 앞에서는 이런 식으로 막지 않도록 조심해야겠어요.

"미안해요. 하지만 먼저 상의해야 할 일이 있어요."

파루루카의 의견은 합리적이에요. 그녀의 힘을 이용하면 진 님이 계신 곳으로 아무런 방해도 받지 않고 갈 수 있으니까요.

하지만 그게 과연 우리에게 좋은 일일까요?

그건 힘으로 인간을 복종시키는 마족의 모습과 다를 게 없어요.

"파루루카의 방법이 합리적인 건 사실이지만요…… 진지하게 인류와 올바른 관계를 형성하고 싶다고 생각한다면, 우리는 정면으로 입성해야 해요."

"네?! 진심으로 하시는 말씀인가요?! 너무 위험해요……!"

"그래요. 알고 있어요. 위험하고 번거로운 방법이죠."

솔직하게 정체를 드러내면 상대가 어떤 반응을 보일지 알 수 없어요. 많은 사람의 목숨을 빼앗은 마족이 무슨 낯짝으로 왔냐고 적대할 수도 있죠.

이 업보는 마왕의 딸인 히나가 감당해야 해요.'

"이건 히나가 해결해야 할 문제. 파루루카까지 위험을 감수할 필요는 없어요."

"……무슨 말씀을 하시나 했더니만."

히나의 말을 듣고 기가 막혀 어깨를 으쓱이는 파루루카.

그녀는 히나의 손을 잡고 꼬옥 쥐었다.

"여기까지 함께 한 마당에 떨어지기에는 이미 늦었어요, 히나 아가씨."

"파루루카……!"

"전 아가씨의 편입니다. 이 목숨이 다할 때까지 함께하겠습니다."

"……히나는 행운아예요. 당신 같은 동료가 있어서."

더 고민할 필요 없어요.

히나는 파루루카와 손을 잡은 채로 문지기 앞으로 향했어요.

마치 초라한 모녀를 보는 듯하던 문지기들은 머리에 난 뿔을 보자마자 표정이 창백하게 변했어요.

하지만 히나는 싸우러 온 게 아니에요. 우선 침착하게 설명해야 해요.

"히나와 파루루카는 저항하지 않겠어요. 하지만 한 가지 부탁이 있어요. 용사 파티 분들께 히나와 파루루카가 왔다고 전해주셔요."

"어, 어엉……?"

문지기들은 혼란스러운 듯 서로 시선을 주고받더니 히나 일행을 바라보았어요.

Life 4-1

히나, 내방

'진 씨…… 왜 저를 봐주지 않는 건가요?'

아, 이건 꿈이다. 바로 꿈인 걸 깨달았다.

왜냐하면 나와 유우리가 침대 위에 벌거벗은 상태로 앉아있었기 때문이다.

사실 요즘 계속 이런 꿈만 꾸고 있다. 대체 얼마나 욕구불만이길래.

난 이렇게나 성욕이 왕성한 인간이었던가. ……의외로 짚이는 구석이 많네, 음.

변명하자면, 성욕을 자극당하는 횟수에 비해 발산이 너무나도 없었다.

내가 마지막으로 나의 단짝을 위로한 게 대체 언제였던가.

결국 나의 성욕은 쌓이고만 있다. 그게 꿈에 영향을 끼치는 수준에 이른 건지도 모른다.

——현실 도피는 여기까지 할까.

유우리는 자주 알몸이 되지만 난 알몸으로 침대에 앉지 않는다.

그런 짓을 하면 내 정조는 순식간에 희롱당하고 종일 핑크빛 냄새로 방을 채우는 꼴이 될 것이다. 무려 세 마리의 짐승과 함께 자고 있으니 말이다.

'왜 그러겠어……. 옷을 입으면 얼마든지 유우리를 바라볼게.'

'제 몸은 이미 질리도록 봐서 싫증이 난 거군요……! 목욕탕에

서 익숙해지는 바람에……!'

'아, 아니야! 유우리의 몸은 몇 번을 보아도 최고야!'

내가 한 말이지만, 새삼 인간적으로 끔찍한 발언이다. 아무리 유우리의 몸이 최고로 야하다고는 해도 말이다.

그녀의 얼굴을 웃돌 정도의 크기를 자랑하는 가슴. 쫙 빠져서 가슴과의 대비가 오히려 아름다운 허리. 안산형 엉덩이. 이 황금 밸런스가 남자의 성벽을 얼마나 파괴했을지, 상상하기만 해도 무섭다.

'제 어디가 최고인가요?'

'……전부 다……!'

'구체적으로는요?'

'얼굴도, 가슴도, 잘록한 허리도, 살짝 통통한 허벅지도! 유우리의 모든 게 좋아!!'

'정말요?'

'물론, 진심이야!'

'그러면 절 바라봐 주세요!'

'크윽……!'

매력적이라서 볼 수 없는 거라고……!

그녀들은 매력적이다. 이 대답에 가식 따윈 없다. 그러나, 그렇기에 직시할 수 없는 상황. 완전한 교착 상태다.

조금씩 이쪽으로 다가오는 유우리. 걸음마다 탱글탱글 흔들린다.

그 흔들림이 내 사고를 마비시킨다.

하지만, 따지고 보면 어차피 전부 꿈이 아닌가?

사양하지 않고 그냥 즐기면 되지 않나? 그야 여기서 유우리의 가슴을 본들, 그저 꿈속의 일일 뿐이다.

그래, 내 꿈이다! 다른 누구도 볼 수 없다!

나도 유우리의 큰 가슴을 보고 싶단 말이다……!!

'간다, 유우리이이이이!'

기백을 담아 외친 난 그녀의 가슴에 뛰어들었다.

"……후후…… 후후후…………."

"진, 비상사태."

"진, 잘 자는데 미안하지만 빨리 일어나야 할 것 같다."

"괴롭지만 지금은 마음을 독하게 먹고서라도 깨우죠──."

"유우리…… 부드러워……."

"──동작 그만! 여러분, 진 씨의 꿈을 방해하면 안 돼요!"

"이 변녀가! 진의 꿈속에 자신이 나온다는 걸 알자마자 이 꼴이냐!"

"엉덩이도 가볍고 머리도 가벼운 여자."

"패배자들은 입 다물고 계세요~."

"'그린 록'. 레키, 부탁할게."

"앗?! 힘으로 하다니요!"

"일어나, 진."

"크억?!"

"겨우 일어났군."

"'성검'으로 때려서 깨우는 바보가 세상에 어디 있나요, 레키!"

격렬한 고통과 함께 찾아온 현실.

어, 어라……? 내 낙원은……?

손을 뻗어도 허공을 가를 뿐.

그 멋진 공간은 내 뇌가 만든 허상의 낙원이었다.

"좋은 아침이에요, 진 씨! 어떤 꿈을 꿨나요——꺅?!"

"비켜, 유우리. 지금은 그럴 때가 아니야."

녹색 덩굴에 묶여 레키에게 볼을 밟히는 유우리의 모습에 일상감을 느낀 나는 한숨을 내쉬었다.

요즘 관능적인 접촉이 잦아서 욕구불만이라는 예상에 확신이 들기 시작했다.

매일 같은 침대에 누울 때마다 나의 이성이 깎여나가고 있다.

울발트 님께 조언을 구해볼까? 아니, 보나 마나 '하면 되잖아?' 하는 답변이 돌아올 거다. 정론이다. 우리의 관계는 이미 공공연한 사실이니까. 왜 사서 고생하냐는 소리나 듣겠지.

……내 나름의 변명은 있지만, 그것도 지쳤다. 이건 전부 내 정신력이 약해서 일어난 일이다.

나는 사랑이 넘치는 하룻밤을 보내고 싶다는 이유로 결혼식 후의 첫날밤에 집착하고 있다. 말하자면 그녀들은 내 일방적인 고

집에 따라주는 셈이다.
모두 참고 있는 거다. 나와 마찬가지로.
"저기……."
나도 모르게 침을 꿀꺽 삼켰다.
어렴풋이 알면서도 지금까지 외면했던 문제.
"역시 다들…… 하고 싶어?"
……어라? 평소 같으면 기뻐하며 달려들 화제인데, 왜 다들 그런 표정이야?
그러자 류시카가 내 어깨를 톡 쳤다.
나는 그 순간, 자신의 실수를 깨달았다.
우리는 키스를 통해 더욱 깊은 관계가 됐다. 그래서일까. 나는 마음의 방비가 느슨해진 모양이었다.
그런 꿈을 꾼 끝에 이런 질문이나 꺼내는 추태라니.
속으로 자신을 질타하고 있자니 류시카의 단정한 얼굴이 훅 다가왔다.
그녀는 몹시 진지한 표정이었다.
"진, 지금 그럴 때가 아니다! 히나가 위병소에 붙잡혔다……!"
"어?!"
뜬금없는 충격 소식이었다. 미미하게 남은 졸음이 단숨에 날아갔다. 정말로 유우리의 가슴 꿈을 꿨다는 이야기나 할 때가 아니었다.
"정말로 이러고 있을 때가 아니잖아! 어떻게 된 건지 알아봐

야 해!"

"응. 그래서 성검으로 급하게 깨웠어."

"고마워, 레키. 덕분에 의욕이 생겼어."

그야말로 성검을 써서라도 당장 깨워야 할 사태다.

히나는 왕도에 저지른 업보가 있다. 그냥 위병소에 놔두었다가는 일이 어떻게 흘러갈지 알 수 없다.

"서두르자……!"

일어난 나는 잠옷을 벗어 던지고 항상 입는 옷으로 갈아입었다.

그런 중에도 레키의 시선은 한 번도 내게서 떨어지지 않았다. 유우리도 눈 한 번 깜빡이지 않았으며, 류시카도 얼굴을 붉히며 손으로 눈을 가리는 척만 했을 뿐, 빠짐없이 시선을 던지고 있었다.

……여자는 가슴으로 향하는 시선을 느낀다는데, 남자도 고간으로 향하는 시선에는 민감하다. 시선을 조심했으면 좋겠다.

◇◇◇◇◇

"저기, 선배…… 이거, 저번에 그 녀석들 아닙니까……?"

"그래. 용사님들의 결혼식에서 봤던 얼굴들이다. 틀림없어."

"그런데 이 녀석들의 요구대로 용사님들을 불러도 되는 겁니까?"

"어쩔 수 없잖아? 우리 둘이 이길 수 있다고 생각하는 거냐?"

"그것도 그렇네요……."

문지기들이 소곤거리며 이쪽을 힐끔댔어요.

그래서 싱긋하고 미소로 돌려주니 잔뜩 굳은 얼굴로 흔들리는 창끝을 우리에게 겨누었어요.

"어머, 안심하세요. 히나와 파루루카는 싸우러 온 게 아니랍니다."

"저번에 그런 일을 저질렀으면서, 나더러 마족의 말을 믿으라는 거냐!"

"그래서 순순히 포박당했잖아요? 이런 상태에서 무얼 할 수 있겠어요?"

"에잇, 속지 않는다! 더 현혹하려 들면 입을 찌르겠다!"

"으음……."

생각만큼 적대적이지는 않네요? 히나는 더 경계할 줄 알았는데 말이죠. 아무래도 뜻밖에 상황을 더 긍정적으로 풀어갈 수 있을 거 같아요.

선임 문지기는 경계심이 남아있지만, 다른 사람은 딱히 이렇다 할 반응이 없네요. 마족을 앞두고도 그다지 위기감이 없어요. 고작 여자 둘이라고 하고 가볍게 생각하는 걸지도 모르겠네요. 하지만 오히려 좋은 일이에요. 덕분에 히나의 요구도 통한 모양이고요.

"…………."

파루루카도 아직은 잘 참고 있군요. 화는 잔뜩 난 것 같지만요……. 히나를 위해 화를 내주다니, 참 고마운 일이에요.

진 님이 아니었다면 그녀의 마음도 깨닫지 못했겠죠. 앞으로는 최고의 충신으로서 소중히 대할 거예요. 그래요. 파루루카라면 진 님의 첩 정도는 용서할 수 있어요.

……그나저나, 이대로 가만히 있으려니 잊고 있던 피로가 몰려오네요. 조금이라도 방심하면 곧장 잠들 것 같아요. 차라리 위병과 대화라도 할 수 있으면 좋겠는데 말이죠.

"……히나 아가씨, 온 것 같습니다."

아무래도 파루루카도 눈치챈 것 같네요. 엄청난 속도로 접근하는 거대한 마력을.

인간 중에 이런 마력을 가진 건 그분들밖에 없어요.

똑똑.

노크 소리에 젊은 문지기가 상대를 확인하고는 황급히 문을 열었었어요.

"용사 여러분, 와주셔서 감사합니다!"

"예, 고생하십니다. 그래서 저희를 부른 마족 소녀는 어디죠?"

"여기예요, 진 님! 오랜만이에요――."

――어라? 모처럼의 재회인데, 왜 진 님은 그렇게 초조한 표정을……?

"히나!"

그 순간, 히나는 의식이 아득해지며 시선이 의지와 상관 없이 추레한 바닥으로 향했어요.

◇◇◇◇◇

왕성의 어느 객실.

"피로가 극에 달해서 잠든 것뿐이에요. 손을 썼으니 조금 쉬면 금방 기운을 차릴 거예요."

"그렇습니까……. 도와주어 감사합니다, 성녀 공."

"신경 쓰지 마세요. 소중한 사람이 걱정되는 마음은 저도 이해합니다."

"(유우리가 성녀다운 일을 하고 있어.)"

레키, 그런 말은 생각해도 마음에만 담아두는 게 미덕이야.

"저도 진 씨가 몸져누웠을 때는 걱정 때문에 야릇한 망상을 품을 수가 없었거든요."

유우리, 매번 굳이 안 해도 될 말을 하니까 레키에게 저런 말을 듣는 거야.

"(음, 역시 내가 알던 유우리야.)"

"그건 당연한 일이 아닌지……?"

"예? 아, 그, 그렇죠? 죄송합니다……."

파루루카의 상식적인 대응에 도리어 당황하는 유우리.

서큐버스에게서 모종의 동질감을 찾고 싶었던 걸까……. 서큐버스도 안 하는 짓을 하는 성녀라니.

류시카가 '성녀'가 아니라 '변녀'라 불러도 이제 변명할 수 없어, 유우리…….

"미안해. 유우리는 원래 이런 사람이야. 다른 뜻은 없으니 용서해 줘."

"괜찮습니다. 히나 아가씨를 치료해 주셨으니 감사할 따름입니다."

그녀는 다시 머리를 숙이고 자신의 풍만한 가슴에 손을 올렸다.

"재차 인사드립니다. 전 '서큐버스' 파루루카. 히나 아가씨의 수행원입니다. 갑작스러운 방문임에도 응대해 주시니 감사합니다."

파루루카의 시선이 편안하게 자는 히나에게로 향했다.

그녀는 우리의 얼굴을 보자마자 바로 정신을 잃었다. 아마 팽팽했던 긴장의 끈이 풀어진 탓이리라.

아직 어린 줄만 알았는데, 히나는 이미 훌륭하게 자신의 사명을 짊어지고 행동하고 있었다.

과거의 인상으로 그녀를 대하는 건 이제 실례일 듯싶었다.

이 두 마족은 녹초가 되어도 우리를 찾아왔다. 필연적으로 그래야만 했던 이유가 있을 터.

이제부터 파루루카와 그 이야기를 해야 한다.

"그럼, 슬슬 우리를 찾은 이유를 알려줄래? 대체 무슨 일이 있었던 거야?"

"물론 말씀드리지요. 다만 먼저 확인해야 할 게 있습니다. 용사 여러분은 왜 저희를 도우시는 겁니까? 제 입으로 말하긴 무엇하나, 이전에 결혼식을 망치려 한 원한이 있지 않습니까?"

"왜냐니, 히나가 말 안 했어?"

"저의 임무는 히나 아가씨 보좌입니다. 아가씨가 어떤 방침을 가지셨든 제가 할 일은 변하지 않습니다."

훌륭한 종자다. 이런 사람이 있으면 히나도 길을 잘못 들 일은 없을 것이다.

이 둘의 관계에서 나오는 신뢰는 인류도 공감할 수 있는 영역이다. 이런 점을 보면 마족과 인간 사이에도 공통점이 있으며, 이는 공존의 가능성이기도 하다.

나는 그 가능성을 본 것이 몹시 기뻤다.

우리는 파루루카에게 엘프 마을에서 일어난 일을 상세하게 이야기했다.

"그런 일이 있었군요……."

"물론 그녀가 한 일이 쉽게 용서받을 건 아니지. 하지만 개심하려는 마음이 있다면 우리는 외면하지 않아."

히나는 엘프 마을에서 일어난 일을 겪고 생각을 고쳤다. 진심으로 과오를 반성하고 있다.

우리 중에 그런 이를 외면할 만큼 잔인한 사람은 없다.

"무엇보다 그녀는 인류와 마족 사이에 평화를 이룰 가능성을 품은 소중한 존재야."

"예, 그렇습니다. 그리고 그것이 저희가 마대륙에서 도망친 이유이기도 하죠."

"도망쳤다니?"

"과연, 그렇게 된 건가."

단편적인 정보만으로 상황을 파악한 듯한 '현자' 류시카.

레키가 설명을 요구하듯이 소매를 잡아당기자, 그녀는 간략한 추측을 말해줬다.

"내 예상이지만, 마족 내에 히나의 방침에 반발하는 자들이 있는 것 같다. 그렇지?"

"현자 공의 말씀대로입니다. 마왕님의 혈족임에도 반발이 나오는 걸 막을 수는 없었지요."

"잠깐만."

파루루카를 제지한 사람은 레키였다.

"마왕은 뭐 하고 있어? 마왕은 히나에게 협력했어야 해. 성검으로 정화했으니까."

"예…… 마왕님도 처음에는 히나 아가씨와 같은 방침이었습니다."

잠시 시간을 두고 그녀는 '하지만'이라며 이어서 말했다.

"어느 날 심경이 바뀌신 건지, 마왕님께서 돌연 히나 아가씨와 다른 길을 선택하셨습니다. 그러고는 몸소 마왕군을 이끌고 성을 불태우며 히나 아가씨를 쫓아내셨죠."

"그래서 둘이 이렇게 만신창이가……."

"아무리 마왕군 간부가 많이 줄었다고 해도 아직 강력한 부하들이 남아있습니다. 그래서 쉬지도 못하고 도피를 결행해야 했지요."

"고생 많았어. 이미 국왕님께 상황을 이야기해서 한동안 둘이 이곳에 머무는 허가를 받았으니, 안심하고 쉬어."

"자비를 베풀어 주심에 감사합니다. 즉시 적대하여도 이상하지 않은데도……."

"국왕은 우릴 좋아해. 부탁하면 들어줘."

"감사합니다. 이 은혜를 어찌 갚아야 할지……."

"그럴 필요 없어. 우리도 조건이 있으니까."

레키의 말에 파루루카는 느슨해지려던 표정을 굳혔다.

그녀는 침대에서 내려오더니 그대로 머리를 바닥에 딱 붙였다.

"……어떤 조건이든 받아들일 각오가 있으나, 히나 아가씨의 안전만은 보장해 주세요! 저는 어떠한 처우도 받아들이겠습니다. 어떤 남자든 기꺼이 상대하겠습니다! 그러니 히나 아가씨만큼은……!"

"자, 잠깐! 폐하께서 그런 조건을 걸 리가 없잖아!"

내 말을 들은 파루루카는 눈물을 글썽이던 눈을 반짝였다.

그녀는 노예…… 성노예 취급을 받을 줄 알았던 모양이다. 어쩌면 마족 사회에서는 그런 방식이 보편적이었는지도 모른다.

파루루카는 비교적 오래도록 인류나 마족의 싸움을 겪었으니 당연히 그렇게 생각할 수도 있다.

내 설명이 너무 부족했던 탓이다.

"저, 정말입니까……?"

"응. 조건은 우리의 감시하에 생활할 것. 앞으로 둘을 받아들일지 말지는 너희의 행동에 따라 정한다. 이 두 개야."

"……겨우 그것만으로 괜찮습니까?"

"그래, 그러니 지금은 안심하고 쉬어."

"……감사합니다…… 감사합니다……."

파루루카는 눈물을 뚝뚝 흘리면서 오열하는 소리가 새어 나가지 않도록 필사적으로 손으로 입을 막았다.

"……고생했구나."

그녀의 고생을 위로하듯이 레키가 구부러진 등을 쓰다듬어 줬다.

파루루카도 히나와 마찬가지로 침대 위에서 잠들었다.

그녀도 지쳐있긴 마찬가지였다. 지금껏 깨어 있었던 것도 히나를 생각해서였을 것이다.

마지막으로 탄원하기 위해 자신의 몸을 던져서라도 지키려고 하는 자세는 멋졌다.

차마 지친 그녀를 깨울 수 없어서, 마왕군의 상황에 관해서는 나중에 히나에게 물어보기로 했다. 울발트 님도 그 점이 제일 궁금하실 터다.

그때까지는 이 자리를 지켜야 한다. 둘이 왕성 안에서 날뛸 것 같지는 않지만, 조건이 그랬으니 어쩔 수 없다.

우리 넷은 의자를 늘어놓고 의견을 주고받았다.

"……설마 마족의 상황이 이렇게 됐을 줄이야."

"마왕이 군을 재결성했다는 이야기도 이상해."

"그렇지. 그건 성검이 남긴 효과가 사라졌다는 뜻이니까."

'성검'의 효과는 절대적이다.

우리는 그 검 한 자루로 지금까지 많은 마족들을 쓰러뜨리는 걸 똑똑히 봐왔다.

설령 상대가 마왕이라 하더라도 '성검'의 효과가 예외일 것 같지는 않았다.

"저도 분명 마왕의 언행이 정화된 걸 확인했어요. 일단 통하기는 했다는 거죠."

"흠…… 그럼 '성검'은 정상적으로 효과를 발휘했다고 전제하고 이야기를 진행하지."

유우리의 목격 증언이 있으니 류시카의 제안은 합당하다.

그녀가 손가락을 허공에 빙 휘두르자, 작게 마왕의 이미지가 퐁 하고 나타났다.

"마왕은 확실히 '성검'의 효과를 받았어. 즉, 파괴 충동이 이끄는 대로 도시를 습격하거나 인류에게 해를 끼치는 짓은 할 수가 없지."

류시카가 손가락을 움직일 때마다 마왕 옆에 붙는 가위표. 그 옆에 마왕이 '성검'에 의해 정화되어 있다는 내용이 문장에 추가되어 갔다.

"당연히 마왕군을 재편하는 것도 불가능해. 그러나 실제로는 히나를 추방하고 다시 평화에 반하는 행동을 하고 있지."

"다시 말해서…… 마왕이 벌인 행동들이 인간과는 무관하다는 뜻인가요?”

“그렇게 가정하면 지금 상황을 설명할 수 있어. 다만, 마왕이 왜 이런 행동을 하는지 모른다는 게 문제인데……. 그건 저 둘에게 듣는 수밖에 없을 것 같군.”

“그도 그렇네. 우리가 아무리 의논해도 추측일 뿐이긴 해.”

“진의 말대로다. 가진 정보로는 진상을 그려낼 수가 없어.”

류시카가 허공에 뜬 마왕과 문장을 두 손바닥으로 팡 쳐서 지웠다.

“으음…….”

“……!”

그러자 히나가 몸을 뒤척이며 작은 목소리가 새어 나왔다.

류시카는 깨우지 않아서 다행이라며 가슴을 쓸어내렸다.

“……조금 시끄럽게 한 것 같군.”

“응. 이야기는 여기까지.”

“결국 저 둘이 없으면 이야기가 진행되질 않네요. 내일 이어서 다시 해요.”

“내가 둘을 보고 있을게. 셋은 자고 와.”

“현실을 들이밀어서 미안하지만, 진 혼자서는 의미가 없다고 생각하는데…….”

“응. 진, 둘보다 약해.”

큭……!

안타깝지만 레키의 말대로다.

나 혼자서는 억제력이 작용하지 않는다.

"내가 같이 남을게. 그럼 문제없어."

"레키……."

내 무릎 위에 폭 앉는 레키.

유우리는 따지고 싶은 눈치였지만, 류시카가 먼저 유우리의 입을 틀어막았다.

그래, 저 둘은 아직 자는 중이니까 떠들면 안 되지.

"……내일은 저예요, 진 씨."

"그 다음은 내가 맡지. 오늘은 부탁한다, 레키."

"응. 맡겨둬."

유우리와 류시카는 이후를 대비해 방으로 돌아갔다.

……잠깐? 나는 3일간 계속하는 거야……?

"왜 그래, 진?"

"아니…… 아무것도 아니야. 힘내자."

"응. 반드시 깨어 있을 거야."

불끈 알통을 만들고 믿음직함을 어필하는 레키.

그러나 레키는 2시간 만에 내 무릎 위에서 잠들고 말았다.

……그럼 그렇지! 평소에도 밤이 되면 졸음에 저항하지 못하는 아이가 밤샘을 할 수 있을 리가 없지!

나라도 자지 않도록 조심하자.

그렇게 각오를 다진 나는 입술을 꽉 깨물었다.

◇◇◇◇◇

결론부터 말하자면, 히나와 파루루카가 눈을 뜬 건 하루 뒤였다.

특히 히나가 깼을 때는 소란스러웠다.

"지, 진 님?! 왜 진 님이 같은 방에?! ……헉?! 잠깐만요. 그렇다는 건 자는 얼굴을 진 님에게 보였다는 뜻…… 부, 부끄러워요! 부끄러워서 이젠 다른 곳에 시집 못 가겠어요! 책임을 져주셔야……!"

"안녕, 히나. 기운이 넘치는 걸 보니 이제 완전히 회복한 모양이네."

일어나자마자 이렇게 말을 쏟아내는 걸 보면 틀림없다.

히나의 목소리에 파루루카도 결국 깨고 말았다. 둘 다 기력, 체력 모두 회복한 듯했다.

둘은 위에 부담을 주지 않도록 가벼운 식사를 마친 후, 우리가 지급한 정장으로 갈아입었다.

그리고 울발트 님 앞으로 나아가 한쪽 무릎을 꿇고 머리를 숙였다.

"이 자리는 용사 파티에 의해 특별히 마련된바, 본래 그대들은 짐을 알현할 수 없음이니, 그들에게 깊이 감사하라."

"예, 물론입니다. 또한, 이런 기회를 주신 폐하의 자비에도 깊이 감사드립니다."

"흐음……. 결혼식 때는 세상 물정 모르는 말괄량이인 줄 알았

건만…… 그래도 마왕의 혈육이로군."

울발트 님은 웃음을 지으면서 기른 턱수염을 천천히 쓰다듬었다.

아무래도 울발트 님은 생각보다 이 마족과 대화의 자리가 마음에 드시는 모양이었다.

"그래, 먼저 그대들이 이곳까지 온 이유를 말해보아라."

"저희는 진 님 일행에게 신변을 보호받고자 하옵니다."

"그대들은 이들의 결혼식을 방해한 과거가 있을 터. 어찌 이들이 그대들을 도우리라 생각했느냐?"

"당시의 히나는 정말 어리석은 아이였습니다. 모든 것이 뜻대로 흘러가는 게 당연하다고 생각했습니다. 인간은 마족 마음대로 당하는 게 당연하다고요."

그렇게 말한 그녀는 후회스러운 얼굴을 하고 있었다.

"……하지만 진 님과 '용사 파티' 분들이 해준 말을 듣고 히나는 그게 잘못됐다는 걸 깨달았습니다. 히나는 생각을 고치고 인류와 마족이 공존할 수 없는가, 그러기 위해서는 어떻게 하면 되는지…… 숙고했습니다."

"그러한가."

울발트 님은 우리를 대할 때와 같은 마음씨 좋은 할아버지가 아니라, 백성들의 목숨을 책임지는 통치자의 눈빛이었다.

우리가 이 자리를 만들긴 했지만, 울발트 님의 설득은 그녀의 몫이다.

그렇기에 울발트 님도 국왕으로서 그녀들을 대하고, 우리 또한 이에 참견하지 않는다.

우리가 옆에서 말을 거드는 것보다 히나가 그리는 인류와의 미래를 솔직하게 전하는 편이 좋다고 생각했기 때문이다.

"그대들의 주장은 알았으나, 짐은 그대들이 백성과 왕국에 해가 될지 아닐지를 확인해야 할 책임이 있다."

"히나가 인류와 적대하지 않는 것을 어찌 증명하면 될는지요?"

"정녕 그대에게 그 뜻이 있다면 행동으로 보이라."

"……히나가 어떻게 하기를 바라십니까?"

"마왕군의 동향을 말하라."

"마왕군은 제국을 지나 왕국으로 진군할 생각이에요."

"이유는 무엇인가?"

"제국과 왕국의 동맹을 막기 위해서입니다. 용사 파티가 없는 제국을 먼저 처리한 후 왕국을 상대하는 것이지요. 협공을 방지하면서 군사의 사기를 올리기에도 유리합니다."

울발트 님의 요구는 사실상 동포를 향한 배신이었다.

보통은 망설일 일이지만, 히나는 주저하지 않았다.

그게 울발트 님에게 얼마나 와닿을지는 모르겠지만.

"……거짓말은 아닌 것 같군."

"물론입니다. 그건 히나가 바라는 미래가 아닙니다."

"그래, 진을 통해서 들었다. 그대는…… 정말로 인류와 마족의 공존을 바라는 것 같군."

"네. 히나는 마왕이 되어서 그 미래를 이룰 생각이에요."
"무엇을 위해서인가?"
"평화를 위해서입니다. 그래야만 비로소……."
문득 히나의 시선이 나에게 향했다. 모종의 열의가 담긴 눈빛이었다.
서로 눈이 마주치자 히나는 갑자기 말을 더듬듯이 입을 우물거렸다.
"……흠?"
울발트 님의 분위기도 바뀌었다. 내가 아는 평소의 분위기였다.
"……과연, 그런 거였나."
"……안 되나요?"
"전례는 없지만, 안 될 것도 없겠지. 설마 마족에게도 이런 구석이 있을 줄이야…… 카하핫! 오래 살고 볼 일이군!"
호쾌한 웃음소리와 무릎을 팍팍 치는 소리가 넓은 홀에 울려 퍼졌다.
히나의 얼굴이 점점 새빨갛게 물들어 갔다.
결국 울발트 님이 웃음을 그치기까지는 몇 분이 필요했다.
"좋다! 그대들을 내가 일시적으로 비호하겠다."
"저, 정말인가요?!"
"물론 조건이 있다. 이전에 그대들이 왕도에 피해를 냈으니, 만약 정말로 이를 뉘우친다면 복구를 도와라."
"그, 그것만으로도 충분한가요?!"

히나가 놀랐다. 울발트 님이 낸 조건은 그만큼 파격적이었다. 뭐, 우리는 막연하게 예상했던 결론이었지만.

당연히 울발트 님도 아무런 정보도 없이 회담에 나선 게 아니다.

"재밌는 걸 보여준 값이니라. 물론 이유는 그것만이 아니지만. 들어오너라."

그러자 끼이익, 거대한 문을 열고 작은 체구의 흑발 소녀가 들어왔다.

우리가 울발트 님의 명으로 엘프 마을에서 데려온 인물, 마드리였다.

"마드리!"

"……안녕. 오랜만이야, 히나, 파루루카."

헐렁헐렁한 백의의 소매를 흔들어 인사하는 마드리. 여전히 다크서클이 짙다.

그녀는 히나와 헤어져 편안한 엘프 마을에서 생활하는 마족이다.

그 사건 이후, 그녀는 여러 기계를 발명해 엘프 마을 발전에 계속해서 공헌했다고 류시카의 가족이 보낸 편지로 전해 들었다.

"실제로 공존 관계를 구축한 사례가 있다고 하여 불렀다. 만일 그대들 또한 진심이라면 우리도 그리할 수 있을 테지."

"……꼭 바라시는 성과를 보여드리겠어요!"

"호호홋. 그거 좋구나."

"기회를 주셔서 감사합니다. 성심성의껏 노력하겠어요."

"짐은 왕국 역사상 처음으로 마족에게 일을 시킨 왕이 되겠구나. 내일부터 바로 복구를 돕되, 정체를 잘 숨기도록 하라."

"""네!"""

히나는 물론, 파루루카도 의욕을 보이며 큰 소리로 대답했다.

이렇게 히나와 파루루카의 처우 문제가 마무리됐다.

Life 4-2

촉수 군, 더 힘내!

“엄청 넓어요~! 마왕성보다 더 넓을지도 모르겠어요!”

“네, 훌륭한 대욕장입니다. 마드리도 목욕하고 갔으면 좋았을 텐데…….”

“그 아이는 목욕을 엄청 싫어하니까 어쩔 수 없죠.”

아무리 싫어도 그렇지, 목욕한다는 말이 나오자마자 연구를 핑계로 돌아가다니…….

모처럼 재회했으니 좀 더 같이 있어도 좋았을 텐데요. 마드리답기는 하지만요.

왕국 체재 허가를 받은 덕분에 대욕장에도 올 수 있었어요. 물론 ‘용사 파티’ 분들의 감시가 있지만요.

“그러고 보니 폐하를 씻지도 않고 알현했네요. 괜찮겠죠? 나중에 불경하다면서 혼나진 않겠죠?”

“신경 안 써도 돼. 국왕은 바쁘니까, 그런 걸 신경 시간은 없어.”

“그러면 다행이지만요……. 히나와 파루루카의 일거수일투족에 마족의 미래가 걸려있어요. 지금부터는 정신 바짝 차려야 해요, 파루루카!”

“네! 주의하겠습니다!”

“그렇게 애쓸 건 없지 않아요? 폐하께서는 단편적인 정보로 판단하진 않으십니다.”

“그렇지. 본질을 볼 줄 아니까. 그런 의미에서 우리도 너에게 물어볼 게 있다."

'용사 파티' 사람들의 시선이 강하게 느껴졌어요.

느슨해졌던 온몸의 신경이 예민해지면서 무심코 자세를 고쳤어요.

……맞아요. 아직 관문이 남았죠. 저희가 허락받은 건 왕도 체재뿐. 진 님과 결혼하기 위한 최대 관문, '용사 파티'의 허가가 아직이에요……!

"히나도 진을 좋아해?"

"……네. 히나는 진 님을 연모하고 있어요."

"그렇구나."

"……그게 다인가요?"

"응. 확답이 듣고 싶었을 뿐."

태연한 대답과 동시에 그녀는 몸을 싹싹 씻기 시작했어요. '성녀'님도 '현자'님도 별다른 기색이 없어요.

"이러고 넘어가도 되는 건가요? 히나가 여러분의 결혼식을 방해한 게 화 나지 않나요?"

"히나는 화냈으면 좋겠어?"

"그건……."

"우리는 화를 내지도, 물론 그냥 넘어가지도 않을 거야."

……솔직히 말하면 차라리 화를 내는 게 편하겠죠. 그러면 벌을 받고 용서도 받을 테니까요.

그렇기에 '용사'님은 히나에게 모진 말을 하지 않을 생각인 것 같아요.

"우리도 결혼식에 대해 화가 안 난 건 아니야. 그렇기에 히나가 태도로 보여줬으면 좋겠어."

"히나의 태도로……."

'용사'님이 고개를 끄덕였어요.

"그러다 진이 히나를 좋아하게 되면, 그건 어쩔 수 없어. 그러니 히나는 진이 반하도록 열심히 해."

"진 씨는 쉽지 않다구요~. 엄청나게 둔감하거든요."

"아마 넌 진의 보호 대상 리스트에 들어있을 거다. 먼저 그걸 벗어나지 않으면 여성으로 봐주지 않겠지. 네 '좋아하는 마음'을 전하고 싶다면 그게 선결이다."

"새, 새겨들을게요……."

세 명의 조언은 전부 마음이 담겨있어서 유익했어요.

여러분도 고생하셨군요…….

그리고 그 고생을 쳐부순 게 히나. ……아아! 터무니없는 짓을 저지르고 말았군요, 히나는 바보야!

히나는 이 죄를 평생 짊어지고 가겠어요.

새삼스럽게 죄의 무게에 주저앉아 있으니, 다 씻은 '용사'님이 제게 손을 내밀었어요.

"관계가 변했으니 재차 인사할게, 난 '용사' 레키. 진이 가장 사랑하는 여자. 잘 지내보자."

레키 님이 자신만만하게 가슴을 펴자 가슴이 위아래로 탱글,

흔들렸어요.

분명 히나와 나이는 비슷할 텐데, 어째서 이런 차이가……!

저 자신감은 커다란 가슴에서 비롯된 걸 거예요!

부, 분해요! 히나도 영양분이 가슴에 더 많이 가는 몸이었으면 좋았을 텐데……!

"전 '성녀' 유우리에요. 참고로 진 씨가 가장 사랑하는 몸이 바로 이 몸이에요. 잘 지내봐요."

뭐, 뭐죠?! 이 압도적인 육감은!

위에서 아래까지 어딜 봐도 부드러울 것 같아요!

가슴도 서큐버스인 파루루카보다 더 크고, 엉덩이도 히나의 얼굴보다 커요!

그야말로 모든 것을 포용하는 모성을 겸비한 몸이에요. 진 님이 사랑하는 것도 이해돼요.

큭…… 그에 비해 히나의 초라한 몸은……!

"난 '현자' 류시카. 진이 가장 사랑하는 포용력을 가지고 있지. 앞으로 잘 지내보자."

이, 이 얼마나 마음이 편안해지는 미소인가요……!

연상의 성숙한 정신에서 비롯된 안정감이 느껴져요. 무엇보다, 상대를 압도하는 존재감의 덩어리가 없어요!

"……류시카 님과는 좋은 친구가 될 수 있을 것 같아요!"

"호오? 어딜 보고 그렇게 판단했는지 물어볼까. 네 몸에 말이지!"

"앗, 잠깐! 아야! 관절이 돌아가서는 안 되는 방향으로 돌아갔어요! 파루루카~! 도와줘요~!"

"……죄송합니다, 히나 아가씨. 이것도 배움이라 생각하고 벌을 받으십시오."

"유일한 같은 편에게 배신당했어요?!"

"류시카 씨, 그쯤 해두세요. 마음의 여유가 없으면 가슴도 커지지 않아요. 아, 나이를 생각하면 어차피 류시카 씨는 더 이상 기회가 없끄아악?! 떨어져요! 목이 떨어져 버려요!"

"지, 지금이 탈출의 기회에요……!"

히나는 납작 엎드려 레키 님과 파루루카 곁으로 도망쳤어요.

으으…… 아직도 아파요……. 몸이 분명 이상한 방향으로 구부러졌을 거예요…….

히나는 같은 빈유 동료라 생각했을 뿐인데……. 아무래도 류시카 님의 역린이었던 것 같군요.

"역시 '성녀' 유우리 님…… 일부러 도발해서 히나를 구해주셨군요……."

"아니야. 저건 유우리의 진심."

"그런가요?"

"응. 아마 파루루카보다 머릿속이 핑크색으로 넘실댈 거야."

"그렇게나?! 파루루카도 항상 머릿속에서 남자를 마구 덮치고 있는데도요?! 그보다 더한가요?!"

"히나 아가씨, 자연스럽게 제 사생활을 폭로하지 마세요."

서큐버스보다 야한 망상을 하는 사람이 존재하다니……!

저는 아직 인류에 대해 잘 모르나 봐요.

"……그런데, 레키 님."

"왜?"

"유우리 님이 망측한 모습으로 있는데, 도와주지 않아도 되나요……?"

"응. 슬슬 말릴게. 먼저 목욕탕에 들어가 있어."

"알겠어요."

히나는 파루루카와 함께 어깨까지 몸을 푹 담갔어요.

"하아~. 몸도 마음도 풀리는 기분이에요……."

역시 목욕은 멋져요. 마음을 편하게 해줘요.

레키 씨가 힘으로 둘을 갈라놓는 모습도 전혀 신경 쓰이지 않아요.

이런 사람들을 상대하려고 했다니, 과거의 히나는 정말 바보였어요. 정말 용케 무사하다 싶어요.

"에잇."

"앗, 레키! 던질 때는 좀 더 살살!"

"잠깐, 레키?! 난 이미 침착하꺄아아악?!"

풍덩! 풍덩! 큰 물보라 두 개가 일었어요. 레키 님이 결국 두 분을 떼어내서 던지신 모양이에요. 욕탕에 엉덩이 두 개가 떠다니고 있어요.

"히나 아가씨, 너무 많이 봐서는 안 됩니다. ……'용사 파티'는 상상했던 것보다 상스러운 모임인 것 같습니다."

"오해예요! 평소에는 사람들을 위해서 멀쩡하게 활동한다고요!"

"참, 이후에 히나가 좋아할 법한 걸 준비했다."

"앗, 부활했어요…… 그보다, 히나가 좋아하는 것?"

"응. 곧 올 거야."

레키 씨의 시선이 대욕장 입구로 향했어요. 그러더니 세 분 모두 갑자기 몸에 두르고 있던 배스 타월을 풀어 내던졌어요.

정말, 다들 뭘 하는 건가요! 타월을 탕에 담그는 건 예의 없는 행동이라고요?

"역시 하루의 마무리는 목욕이지~."

"헉── 진 님?!"

"어?! 다들 왜 대욕장에……?!"

갑자기 문이 열리더니, 허리에 타월 한 장만 두른 한 진 님이 들어왔어요?!

지, 진 님은…… 대담한 면이 있군요!

"뭐야?! 왜 다들 여기에 있어?!"

"진, 지금은 여자가 목욕하는 시간."

"어?! 류시카에게 들은 이야기랑 다른…… 헉! 날 속인 거냐, 류시카!"

"이런, 나답지 않게 착각한 것 같군. 미안."

"이렇게나 뻔뻔한 사과는 처음 봤어요……."

아무래도 진 님은 류시카 님이 흘린 거짓 정보를 믿고 대욕장에 들어온 모양이에요.

그렇군요……!

어쩐지, 대욕장에 들어가는데 굳이 옷을 숨기라고 하길래, 그런 인간 문화인 줄 알았는데. 그냥 꿍꿍이가 있던 거였군요!

"히나도 있잖아! 난 나갈 거야!"

"그렇게는 안 돼."

엄청난 속도로 진 님을 붙잡는 레키 님.

그 와중에도 가슴을 진 님에게 문지르고 있어요! 그런 방법이 있군요. 하나 배웠어요!

"큭! 레, 레키! 그만해!"

"포기해. 저항하니까 자꾸 당는 거야."

"크윽, 비겁하다!"

"연애에 그런 건 없어. 쟁취만이 있을 뿐."

"대욕장에 발을 들인 순간, 진 씨의 패배는 확정이에요."

"히나가 있으면 자중할 거라 생각한 내가 바보였어……!"

그 말은 즉, 평소에도 이렇게나 과격한 스킨십을……?

이, 인류는 진보되어 있군요…….

히나는 책으로 얻은 지식밖에 없어서 이런 건 전혀 생각도 못 했어요…….

"교류는 알몸으로 부대끼는 게 최고."

"레키의 말대로예요. 인류와 마족의 평화를 위해서라도 필요한 일이라고요!"

"진, 포기하고 받아들여. 이게 다 세계 평화를 위한 일이다."

"이런 문화를 전파해서 뭘 어쩌겠다고!"

진 님을 향해 조금씩 다가가는 유우리 님, 류시카 님.

그야말로 사냥감을 둘러싼 짐승의 모습이에요.

이 순간만은 성녀도 현자도 아닌 알몸의 남자와 여자일 뿐!

"후후훗, 그럼……."

"잘 먹겠습니다!"

"히나 앞에서 어른의 행위는 안 돼애애! 잡아먹힌다?!"

"오, 오오……!"

"으음, 히나 아가씨에게는 자극이 좀 강한 거 같은데……. 아니, 향후를 생각하면 지금부터라도 배워야 하나?"

이리 치이고 저리 치이는 진 님.

아앗, 방금 확실하게 유우리 님의 가슴이 닿았어요!

류시카 님은…… 아, 아니! 허벅지에 팔을 끼웠어요?! 그런 상스러운 짓을 해도 되나요?!

책에서도 이런 과격한 묘사는 본 적이 없어요……!

이것이 알몸의 교류……!

"…………."

"……?!"

밀려서 넘어진 진 님이 움직이지 못하도록 고정하는 레키 님.

그 순간 시선이 마주쳤어요.

'안 와?'

아아……! 히나는 진 님의 아내가 되고 싶어서 이렇게 노력하고 있는 거였죠.

저건 도발의 눈이었어요. 틀림없어요!

"히나도 할 수 있을까……?"

새삼 자기 가슴을 봤지만, 지금 히나는 저분들에게 대항할 무기가 없어요.

하, 하지만! 소녀에겐 해야만 하는 때가 있어요!

지금이야말로 걸음을 내디딜 때!

"기다려 주십시오, 히나 아가씨. 여긴 제게 맡겨주십시오."

"파루루카?"

나의 믿음직한 종자가 제 어깨를 붙잡았어요.

그녀는 배스 타월을 훌렁 벗어 던지더니, 날개를 살살 퍼덕여 공중으로 올라갔어요.

"남자를 차지하는 진정한 방법을 제가 보여드리겠습니다. 히나 아가씨는 그걸 흉내 내서 그를 농락하십시오."

"아앗, 파루루카?!"

서큐버스인 그녀가 진지하게 실력을 발휘하면 정말 뛰어난 기술을 보여주겠죠.

그녀는 수많은 남자의 정기를 짜내온 역전의 용사! 분명 모든 용사 파티를 능가할 거예요.

그런 걸 맛보게 되면, 진 님은…… 진 님은……!

이리저리 붙었다 떨어졌다 하는 진 님을 상상하자 머리에 열기가 치솟았어요.

"아, 안 돼요~!"

그 순간, 대욕장의 목욕물이 의지를 가진 듯 단숨에 튀어 올랐다.

◇◇◇◇◇

"히나?!"

힘없이 자리에 주저앉는 히나.

바로 달려가서 그녀의 상태를 확인하고 싶은데, 대욕장의 목욕물이 멋대로 날뛰며 방해하듯 휘감겼다.

"무, 무슨 일이야?!"

"꺄악?!"

"어머나~."

의지를 품은 목욕물은 촉수처럼 정확하게 우리의 손발을 노렸다.

날 감싸고 있던 세 사람은 촉수에 붙잡혀서 허공에 매달렸다.

"아무래도 히나 아가씨의 마력이 폭주한 것 같습니다! 여러분, 협조르응……!"

야한 목소리가 들린 쪽을 돌아보니 파루루카도 레키 일행과 마찬가지로 잡혀서 귀갑묶기를 당한 후였다.

그, 그 포즈는 가슴이 강조돼서 좋지 않아……!

게다가 가릴 게 없어서 모든 게 훤히 보이는 것도 히나의 교육에도 좋지 않아!

……잠깐만? 설마 다른 세 명도?!

“내가 움직임을 봉쇄당하다니…… 응, 가슴 간지러워…….”

레키는 어떻게든 목욕물 촉수를 풀어내려고 저항했지만, 양팔을 모두 붙잡힌 탓에 볼을 빨갛게 물들일 뿐이었다. 그 탓에 레키의 가슴이 괴로워 보이는 형태로 붙잡혀 있었다.

“지, 진정하세요, 히나! 물이 만지면 안 되는 곳을 만지작거리고 있어요! 이 이상 가면 건전하게 끝나지 않을 거예요! 그런 걸 하기에는 아직 시간이 너무 일러요!”

레키와는 대조적으로 소중한 부분을 팔로 가린 채 집요한 촉수 공격을 방어 중인 유우리.

풍만한 가슴이 너무 출렁거려서 지켜보기에 위험하다.

“큭……! 난 이런 공격에 굴하지 않…… 아니, 왜 나한테는 아무것도 안 하는 거야!”

한편 류시카는 단순히 손발이 묶였을 뿐, 사실상 방치 상태였다.

얼굴을 붉히고 있는데 저건 부끄러워서 그런 게 아니라 이 처우에 분개하고 있기 때문일 것이다.

류시카는 이 촉수 녀석의 취향이 아닌 건가…… 음, 때로는 세상에는 몰라도 되는 것도 있다.

아무튼 저 폭주한 목욕물 촉수의 행동 패턴은 파악했다.

그렇다면 난 표적이 되지 않고 히나가 있는 곳까지 갈 수 있을 것이다!

"진 님! 아가씨를 안아주십시오! 그러면 안정을 되찾을 겁니다!"

"그래? 어, 우왓?!"

바로 쓰러져 있는 히나에게 달려가려고 했지만, 어째서인지 가슴이 없는 나에게까지 물 촉수가 뻗어왔다.

바닥에 물이 고여있는 탓에 발에 힘이 실리질 않아서 급격한 이동은 할 수 없다.

나는 순간적으로 몸을 웅크려 촉수를 피한 다음 공격에 대비해 얼굴을 들었다.

"왜 나한테까지 촉수가…… 헉! 설마 너무 단련해서 대흉근이 너무 커진 건가?!"

"아뇨! 아닐 겁니다!"

"그런가! 빠른 부정 고마워, 파루루카!"

자신의 부끄러운 착각에 얼굴을 새빨갛게 물들인 난 촉수를 앞구르기로 피했다.

"달릴 수 없다면, 이렇게라도 가는 수밖에!"

고간 부분을 손으로 누르면서 앞으로 구른 기세를 그대로 살려 슬라이딩하듯이 히나에게 다가갔다.

허리에 두른 이 배스 타월만은 절대로 빼앗겨서는 안 된다.

나는 잡혀도 시각적으로 끔찍한 것을 보여줄 뿐이다. 분명 다들 그렇게 생각하고 있을 것이다……!

"히나, 힘내! 진은 다음에 한 번에 거리를 좁히려고 할 거니까 그걸 노려!"

"진 씨의 알몸을 보고 싶지 않나요?! 전력을 다해주세요!"

"네 힘은 이 정도가 아니잖아?! 마력을 더 능숙하게 조작할 수 있을 거야!"

"이 얼마나 천박한 파티인가, 우리는……!"

이때다 싶어서 히나를 응원해 내 고간을 보려고 하는 자들뿐.

게다가 응원에 반응해서 촉수의 속도가 올랐다.

히나는 정말 정신을 잃은 거 맞지?! 실은 멀쩡한 거 아니지?!

"저도 오랜만에 그걸 보고 싶습니다, 히나 아가씨!"

아무래도 여기에는 적밖에 없는 것 같다.

아니, 그녀는 서큐버스니까 저게 보통인가.

뒤에서 시끄럽게 야유가 날아드는 가운데, 움직임이 더욱 격해지는 촉수.

세세하게 움직이기 어려운 전장이기에 하나하나 피하면 아무래도 거리가 생기고 만다.

겨우 히나에게 갈 수 있을 뻔했는데 어느샌가 방어를 굳히고 있었다.

"좋아…… 그쪽이 그럴 생각이라면 나도……!"

일어선 나는 일단 일부러 거리를 벌렸다.

이길 기회를 찾아내지 못한 채로 돌격하는 건 어리석은 계책이다.

불리한 상황일수록 일단 물러나서 시야를 넓히는 거다.

촉수는 양이 많지만 그중 몇 개는 레키 일행을 속박하는 데 쓰이고 있어서 한계가 있다. 썩어도 '용사 파티', 대충해서는 붙잡을 수 없다.

하지만 그 덕분에 한 곳. 히나를 지키는 촉수의 빈틈을 찾았다.

……그렇군. 그래서 아까부터 날 바닥에 내리치듯이 공격했구나.

"……후우."

허리에 두른 타월을 다시 꽉 묶었다. 격렬한 움직임에 떨어지지 않도록.

대욕장에서 마법을 쓰면 대참사가 난다.

지금 히나의 마력 폭주로도 큰 소동이 벌어지지 않은 게 기적이다.

믿는 것은 지금까지 단련한 자기 자신. 괜찮다…… 임기응변은 자신 있다!

"으으으으랴앗!"

큰 보폭으로 파고든 난 힘껏 히나의 머리 위로 뛰어올랐다.

약점은 히나의 머리 위. 촉수가 지키지 못하는 유일한 부분이었다.

한 번 공중에 몸을 던지면 촉수의 공격은 피할 수 없다.

"저기다! 그대로 해치워, 히나!"

"아니, 과연 그렇게 될까?!"

"서, 설마 진 씨……! 그건……!"

내가 뛰어들고 싶은 곳은 히나의 머리 위.

즉, 타월을 빼앗겨도 공중에서 회전하면 히나에겐 내 엉덩이밖에 안 보인다. 그리고 고간 부분이 상공을 향하고 있어서 레키 일행에게도 확실하게 보일 일도 없다.

레키 일행의 응원이 열기를 띠어서 촉수가 내 타월을 벗겨내는 것에 집중하기에 가능한 대처법이다.

처음부터 타월을 빼앗기는 것을 전제하고 움직인 나는 무사히 히나에게도 보여주지 않고 착지.

그 작은 몸을 안고 '힐링'을 외자 감겨있던 눈이 천천히 뜨였다.

그러자 맹위를 떨치고 있던 촉수는 힘을 잃고 바르르 떨더니 원래대로 목욕물로 돌아갔다.

난 하늘에서 떨어진 타월을 잡고 챔피언 벨트처럼 자랑스럽게 허리에 둘렀다.

이건 내가 움켜쥔 승리다.

그 직후, 첨벙 하고 촉수에 잡혀있던 모두가 온천에 떨어지는 소리가 나서 그쪽을 돌아봤다.

"후우…… 위험했어……."

"하마터면 여러 곳에 모자이크 처리를 해야 하는 사태가 될 뻔했네요……."

"납득이 안 돼…… 왜 나한테는 아무것도……?"

무사히 풀려난 모두는 온천에 떨어지기도 해서 딱히 다친 곳도 없이 멀쩡해 보였다.

뭐, 그렇게나 내 고간에 집착하는 응원을 할 수 있는 기운이 있었으니 딱히 걱정하진 않았지만.

그보다 일단은 마력이 폭주한 히나의 몸 상태가 먼저다.

머리에 부하가 걸리지 않도록 천천히 일으켰다.

"히나. 괜찮아?"

"……아버님?"

"……!"

정신을 잃어 아직 의식이 또렷하지 않은지 그녀의 입에서 나온 건 아버지를 부르는 목소리였다.

……그래. 그녀는 아직 이렇게나 어린데 갑자기 아버지와 적대하게 되었으니 당연히 쓸쓸하겠지.

정말, 정말 조금이라도 히나도 내 고간을 보고 싶어 하면 어쩌나 하고 마음 한구석에서 의심한 자신이 부끄러웠다.

분명 그녀는 부성을 원했던 것이다. 그렇기에 폭주한 마력으로 생겨난 촉수 또한 내 아들…… 남성의 상징인 이곳을 노리고 움직인 것이 틀림없다.

그런 것도 알아차리지 못하다니…… 나도 아직 히나에겐 큰소리 못 치겠구나.

그녀와 대화하는 시간을 더 늘리자.

아직 우리 사이에는 서로를 이해하기 위한 시간이 너무 부족하다.

조금이라도 더 안심시키려고 히나를 가슴에 꼬옥 안았다.

그녀는 잠시 그대로 기대고 있었지만 차차 의식이 깨어나기 시작했는지 내 얼굴을 보고 '꺄아아아악?!' 하고 비명을 질렀다.

"지, 진 님?! 왜, 왜 히나는 안겨 있는 거죠?! 그보다 이 참상은 무슨 일이죠?!"

"이것저것 설명해야 하는 게 있는데…… 일단은 다행이다……."

이렇게 아비규환의 대욕장은 겨우 안정을 되찾았다.

악의 전조

그건 갑작스럽게 찾아왔다.

"음……."

난 강대한 마력을 느낀 쪽으로 고개를 돌렸다.

틀림없다. 지금 느껴진 마력은 히나였다.

거리가 있어서 극소수밖에 알아차리지 못했지만.

그래, 히나는 무사히 도망쳤는가.

아직 그녀가 무사한 사실에 안도의 한숨을 내쉬었다.

방향을 보면 왕도. 아마 '용사 파티'에게 갔을 것이다.

왜 마력 폭주가 일어났는지는 신경 쓰이지만…… 그 주변에 히나가 전력을 다해야만 하는 상대는 없다.

아마 문제는 없을 것이다. 문제가 있다면…….

"마왕님도 느끼셨습니까? 더러운 마력을."

……이 녀석이다.

입꼬리를 씨익 올리고 나에게 다가온 건 이번 침략 작전을 맞아 새로 임명한 마왕군 간부 알데로 레오니로.

딴딴함을 자랑하는 잘 단련된 전신, 네 개의 눈으로 경이로운 시야를 가졌고 등에 돋은 큰 날개로 하늘에서 어떤 사냥감도 놓치지 않는다.

간부급 실력을 가졌으며 적에게 무자비하고 교활하기로 유명하여, 가장 마족다운 마족이라 평가받는 인물이다.

……내가 예전과 같은 마음을 가지고 있었다면 그의 등장에 가슴이 뛰었겠지만, 지금은 아니다.

난 어렴풋이 알아차리고 있다. 알데로가 무엇을 하려고 하는지를.

"……내 딸더러 더럽다고?"

"네. 그녀는 피가 이어진 마왕님뿐만 아니라 동포를 배신했습니다. ……마왕님께는 죄송하지만, 그렇게 평가하는 게 옳다고 생각합니다."

내 앞에서도 겁먹은 기색 없이 행동하는 대담함.

……놈은 내 속을 떠보려 하고 있다.

한 번 '용사'에게 패배한 내가 왜 다시 인류를 치려고 하는지. 그건 진심에서 우러난 행동인지 알데로는 속을 떠보고 있을 것이다.

그러기 위해 히나 이야기부터 꺼냈다.

내가 히나를 감싸면 끝. 알데로는 당장이라도 날 죽이고 자신이 정상에 서기 위한 계책을 짤 것이다.

"전 용서할 수 없습니다. 지금까지 쌓여온 동포의 시체들을 봐왔을 텐데, 그런 선택을 하다니요."

"무슨 말을 하고 싶은 거냐?"

그렇게 물었지만 대략적인 대답은 예상이 됐다.

아마 이 녀석이 노리고 있는 건——.

"——배신자에게 벌을 내려야 합니다."

"내가 아니라 네가 벌을 준다는 거냐?"

"마왕님께서 명령을 내려주신다면."

알데로는 그렇게 말하고 한쪽 무릎을 꿇고 머리를 숙였다.

내버려 두라고 하는 건 악수다. 내 계획이 파탄 나고 만다.

……지금 우린 제국령에 진군해 있고, 왕국까지는 충분한 거리가 있다.

알데로가 왕도에 도착하기까지는 어느 정도의 유예가 있을 것이다.

그때까지 히나는 왕도에서 자신의 목적을 달성해야 한다.

지금까지 쌓은 역사에 대항하기란 쉽지 않은 일이겠지만, 그 아이가 행복을 손에 넣기 위해서는 극복할 수밖에 없다.

난 내 사랑하는 딸을 믿는다.

"알았다. 그렇다면 알데로. 다녀오도록 해라."

"예! ……어떤 상태로 재회하셔도 상관없죠?"

"……그래. 넌 내 명령을 수행하면 된다."

"감사합니다. 이 알데로 레오니로. 반드시 마왕님 앞에 배신자를 끌고 돌아오겠습니다."

알데로는 날개를 퍼덕이더니 하늘로 날아올랐다.

그리고 아까 마력이 느껴진 방향으로 일직선으로 날아갔다.

놈의 모습이 완전히 보이지 않게 되었고, 난 나지막이 중얼거렸다.

"……힘내라, 히나."

그 직후, 목소리를 지워버리듯이 밤바람이 지나갔다.
부디 이 바람이 내 목소리를 히나에게 가져다주길.

Life 4-3

스승님이라 부르게 해주셔요!

"아아…… 저지르고 말았어요……!"

"괜찮습니다, 히나 아가씨. 모두 용서하셨으니."

"그런 말을 할 처지가 아니에요! 이번엔 목격자가 용사 파티 분들밖에 없어서 괜찮았지만…… 만약 그 외에도 사람이 있었다면 끝장이었어요!"

베개에 얼굴을 파묻고 발을 파닥거렸어요.

목욕을 한 후에 히나 일행은 작지만 둘이 지내기에는 충분한 방으로 안내를 받았어요.

본격적으로 일하기 시작하는 건 내일부터.

오늘이 마지막 휴일이니 푹 쉬라는 말을 들어서, 이렇게 방에 있는 침대 위에서 편하게 쉬고 있어요.

방 밖에는 왜인지 기분이 안 좋은 류시카 님이 감시 중이지만 딱히 켕길 게 없어서 스트레스는 없어요.

관대한 조치에 감사하며 국왕님께 기도를 올려야겠어요.

"히나는 오늘부터 일해도 괜찮은데……. 오히려 빨리 도움이 되고 싶어요."

"왕국 측도 준비가 있는 게 아니겠습니까. 아마 지금쯤 저희가 일할 환경을 만들고 있겠지요."

"그러면 더더욱 폐를 끼치고 있는 거 아닌가요?!"

"아가씨의 마음은 이해합니다만, 이번에는 어쩔 수가 없습니다.

감사는 결과로 마음껏 보여주면 됩니다."

"히나도 파루루카 같은 침착함을 갖고 싶어요. 아무리 애써도 불안해져요."

"후훗, 아가씨는 앞으로 계속 성장할 겁니다. 그리고 저도 아직 침착함이 부족합니다."

"전혀 그렇게 보이진 않는데……."

"아뇨. 지금도 남자를 덮치고 싶어서 근질거리는 걸 필사적으로 억누르고 있습니다. 아가씨께서 자는 동안에 손가락으로 달래서 발산하기를 밤마다 반복——."

"듣고 싶지 않은 속사정은 그만 됐어요! 파루루카도 힘들다는 건 잘 알았으니까요!"

허억허억……. 어깨를 크게 들썩이며 거칠어진 호흡을 가다듬었어요.

설마 언니 같은 존재가 이런 비밀을 감추고 있었다니……. 그야 지금까지도 부끄러운 짓은 많이 했지만, 서큐버스의 생태와는 무관하게 이런 말을 직접 듣는 건 충격이라고요!

"죄송합니다, 아가씨. 칭찬받고 싶은 감정을 억누르지 못하고, 아가씨의 마음을 이해하지 못해서…… 괜찮으시다면 아가씨가 좋아하시는 이걸 읽고 마음을 가라앉히시는 건 어떻습니까?"

"히나가 좋아하는 것이라뇨?"

"네. 계속 품고 있던 탓에 조금 따뜻해졌습니다만."

그렇게 말하고 파루루카가 가슴골에서 책 하나를 꺼냈어요.

그녀의 가슴골이 상당한 수납 능력을 자랑하긴 하지만, 설마 책 한 권을 통째로 숨길 수 있을 줄은……!

"파루루카……! 그 책은…… 서, 설마……!"

"네. 마왕성 전체가 불길에 휩싸이기 전에 제가 보관했습니다. 히나 아가씨의 애독서인——."

"——'약하다는 말을 듣는 후위술사지만 사실은……! ~믿음직하지 않은 그 녀석이 보여주는 전장에서의 늠름한 모습~'이잖아요!!"

내용을 전부 외울 정도로 읽은 애독서의 등장에 마음이 무척 들떴어요.

아버님과 결별하고 쫓겨나듯이 마대륙을 빠져나오면서 포기했던 그 보물.

손을 덜덜 떨며 그녀에게서 받아 책이 구겨지지 않도록 안았어요.

킁킁, 냄새를 맡으니 파루루카의 냄새와 종이 냄새가 느껴졌어요.

정말로…… 정말로 히나의 손에 있네요…….

"정말 죄송합니다. 여유가 없어서 겨우 챙긴 게 최신간 하나뿐이었습니다……."

"사과할 것 없어요. 당신은 잘해줬어요."

파루루카가 가져온 게 최신간인 건 분명 운명일 거예요.

왜냐하면 이 책은 그날. 히나의, 그리고 마족의 운명이 바뀐 만남의 날.

진 님과 히나를 이어준 것이 바로 이 '약하다는 말을 듣는 후위 술사지만 사실은……! ~믿음직하지 않은 그 녀석이 보여주는 전장에서의 늠름한 모습~'의 최신간이니까요.

파루루카가 우연히 보관한 것도 히나 일행이 다시 진 님에게 가기 위한 인도였던 게 틀림없어요.

히나는 책을 더 세게 안았어요.

"히나의 보물을 잘 지켜준 거잖아? 이건 포상감이야."

"히나 아가씨…… 그렇게 말씀해 주셔서 감사합니다."

"그렇다고 해도 이전처럼 당신에게…… 그야말로 당신의 욱신거림을 가라앉힐 수 있는 남자를 줄 수 있는 지위도 재력도, 더는 히나에겐 없지만요."

자조하듯이 웃자 갑자기 시야가 캄캄해졌어요. 시력을 잃은 게 아니라, 기분 좋은 따뜻함이 얼굴 전체를 감싼 탓이었어요. 머리 위에서 파루루카의 다정한 목소리가 들렸어요.

"히나 아가씨는 착각하고 계십니다. 확실히 이전의 저였다면 신선한 남자를 요구했을 겁니다. 하지만 지금의 전 아가씨의 웃는 얼굴을 보는 게 행복입니다."

"파루루카……."

"그러니 만약 상을 받을 수 있다면…… 그걸 참고하셔서 진 님의 마음을 꼭 잡아서 웨딩드레스를 입은 모습을 보여주셨으면 합니다."

"파루루카?!"

"읏…… 아가씨. 너무 큰 소리로 외치시면 가슴이 간질거립니다……."

"미, 미안해요……!"

"작은 목소리로 속삭이셔도 숨 때문에 간지럽습니다만……."

어떻게 하라는 건가요!

히나는 마음속으로 외쳤지만, 험한 말은 안 된다고 고개를 좌우로 흔들었어요. 사실은 파루루카의 풍만한 가슴에 단단히 고정되어 있어서 머리가 전혀 움직이지 않았지만요.

등을 톡톡 치자 파루루카는 자기 행동을 깨달았는지 가슴 봉쇄망에서 풀어줬어요.

고, 공기가 상쾌해요……!

가슴 가득 산소를 들이마신 히나는 다시 사죄하기 위해 머리를 숙이려고 하는 파루루카의 움직임을 손으로 제지했어요.

"그래서? 왜 히나에게 이 책을 참고했으면 좋겠다고 생각한 거죠?"

"……조금 전 목욕탕에서 일어난 일. 히나 아가씨는 어디까지 기억하고 계십니까?"

"목욕탕에서 일어난 일 말이죠. 잠깐 기다리세요."

으~음 하고 머리를 굴려보았어요.

우선 용사 파티 분들과 대욕장에서 알몸의 교류라는 것을 했어요.

모두의 결혼식을 방해한 신세지만 대대적으로 진 님에 대한 호감을 고백.

그런 히나의 마음을 정면으로 받아들이고 대해주신 건 정말 기뻤어요.

그리고 용사 파티 분들의 책략에 진 님이 빠지고, 레키 님과 모두가 지금이 기회라는 듯이 진 님을 몰아넣으려 했고, 어째서인지 파루루카도 거기에 참전을…….

"이 이후의 기억이 없네요."

아니, 정확히는 이후에 진 님의 품에 안겨 있었던 건 기억해요. 당연히 잊을 리가 없죠.

그 울퉁불퉁하고 탄탄하게 단련된 팔의 감촉. 그것만으로도 밥을 세 그릇은 먹을 수 있어요……!

……이런, 이게 아니죠.

그러고 보니 히나는 목욕탕에서 의식을 잃어서 대략적인 설명을 들었을 뿐이라 자세히 몰라요.

히나의 마력이 폭주해서 온천이 촉수로 변해 모두를 덮쳤다는 것밖에…….

"……혹시, 그 덮쳤을 때의 자세한 내용이 중요한 건가요?"

입에서 새어 나온 혼잣말에 가까운 의문에 파루루카는 고개를 끄덕였다.

"그렇습니다. 히나 아가씨는 명백하게 적극성이 부족합니다."

"적극성이……?"

"적어도 용사 파티 분들은 진 님에게 알몸을 보이는 것에 저항이 없었습니다. 그것부터 히나 아가씨와 세 분에겐 차이가 있습니다."

파루루카의 지적은 지당해요.

당연히 그분들과는 같이 지내온 시간도 관계도 다르지만, 지금의 히나는 그런 변명이나 할 때가 아니에요.

스스로 진 님을 좋아한다고, 아내가 되고 싶다고 단언했으니, 목적을 완수할 각오를 보여주지 않으면 모든 사람에게 실례라 할 수 있어요.

그러니 남녀의 관계에 대해 잘 아는 서큐버스인 그녀는 딱 맞는 선생님이라 할 수 있겠죠.

"하지만 파루루카가 아까 한 지적은 적극성과 그다지 상관이 없다고 생각하는데, 아직 더 있는 건가요?"

"레키 님은 '소꿉친구이기에 가까운 거리와 보호 본능을 불러일으키는 순진함'. 유우리 님은 '풍만한 가슴을 이용한 유혹'. 류시카 님은 '오랜 경험에서 오는 차분한 어른의 분위기'가 있습니다. 제 견해이긴 합니다만, 각자 자신의 무기를 최대한 이용하고 있죠."

물론 히나 아가씨가 귀여움, 아름다움에서 뒤진다고 생각하지 않습니다, 라며 파루루카는 히나를 배려하고 계속해서 이야기했어요.

"하지만 '용사 파티' 세 분이 부끄러워하지도 않고 알몸인 진 님의 타월을 벗겨내려 했을 때, 히나 님은 부끄러움에 멈춰 서고 말았습니다. 이건 치명적인 차이가 될지도 모릅니다."

"……아무 말도 할 수가 없네요."

히나는 뒤처진 것도 모자라 결국에는 정신을 잃었어요.

이런 수치심에 일일이 얽매여 있으면 히나가 있을 곳은 없어요.

진 님의 오른팔도, 왼팔도, 가슴도 레키 님과 모두에게 점령당해 파고들지도 못하고 남겨질 뿐.

이대로는 안 돼요.

히나도 거기에 비집고 들어가야 해요……!

한 번 더 진 님의 가슴에 안기려면 적극성이 필요한 거군요!

"참고로 레키 님 일행은 진 님의 고간을 보고 싶어서 아가씨를 응원할 정도였습니다."

"그분들은 정말 용사 파티인가요? 가짜 아닌가요?"

"틀림없이 용사 파티입니다. 서큐버스인 제가 감탄할 정도로 사고가 음란한 건 놀라웠지만…… 그것도 큰 사랑이 초래한 결과라고 생각하면 납득할 수 있습니다."

"그럼 이 세상의 연인은 모두 변태라는 결론이 나와버리는데요……."

"예, 히나 아가씨! 바로 그겁니다!"

파루루카는 양어깨를 확 잡고 진지함을 띤 표정으로 히나에게 바싹 다가왔어요.

너무나도 마음이 담긴 말투에 압도당한 히나는 되묻는 것조차

할 수 없었어요.

"지금만은 상식을 버려주십시오! 이성 따위는 진 님의 아내가 되는 길의 장애물입니다! 아내가 되고 싶지 않습니까?!"

"되, 되고 싶어요! 하지만 그렇다고 이성을 버리라니……."

"확실히 쉽지는 않은 일입니다. 그래서 필요한 게 바로 히나 아가씨의 애독서입니다."

"'약하다는 말을 듣는 후위술사지만 사실은……! ~믿음직하지 않은 그 녀석이 보여주는 전장에서의 늠름한 모습~'이 나설 차례……인가요?"

확실히 이 책은 멋진 사랑 이야기라 생각하지만, 지금 상황과는 전혀 관계가 없는 것 같은데…….

"히나 아가씨는 이 책을 여러 번 읽으셨습니다. 왜입니까?"

"묘사된 상황이 정말 멋졌기 때문이에요! 후위술사 준과의 두근두근 가슴 뛰는 사랑스러운 상황이 너무 좋고 전부 히나의 마음을 간질이는 것뿐이라…… 히나도 몇 번을 같은 경험을 하고 싶다고 생각했는지……."

아, 이제야 알 것 같아요.

그렇군요, 파루루카.

당신이 히나에게 말하고 싶었던 건 이런 것이었군요……!

믿음직한 연애 선생님인 파루루카가 애독서를 주목한 이유는 바로 이거예요!

"히나가 이 책 속에서 진 님과 함께하고 싶은 상황을 참고해서

실제로 행동으로 옮기면 되는 거죠?!"

"정답입니다, 아가씨!"

짝짝 박수를 보내는 파루루카.

자신이 동경하던 상황이라면 히나도 그다지 긴장하지 않고 할 수 있어요. 왜냐하면 긴장보다 진 님과 두근두근 꽁냥꽁냥 하고 싶은 욕망이 더 크니까요!

"역시 최고는 그 장면이……."

마침 히나가 가지고 있는 최종권의 클라이맥스.

마물의 최종 보스── 마왕과의 싸움.

전장에서 너덜너덜해진 준 님을 목숨을 걸고 도운 히로인. 그 행동에 크게 감격한 준 님은 마침내 키스하고 마음을 고백.

두 사람은 사랑의 힘으로 마왕을 쓰러뜨리고 평화로운 세계에서 행복한 나날을 보낸다.

줄곧 쭈뼛거리고 소극적이었던 준 님의 마음이 커져 적극적으로 변하는 게 좋단 말이죠~!

이걸 재현한다는 건…… 진 님에게 키스를 받는다는 것!

지금까지는 다소 막막했지만, 이거라면 몇 번이나 망상을 반복했으니까 할 수 있어요!

'약하다는 말을 듣는 후위술사지만 사실은……! ~믿음직하지 않은 그 녀석이 보여주는 전장에서의 늠름한 모습~'의 전개를 따라 하는 거라면 연애 경험 제로, 근성 제로, 아무것도 없는 히나라도 할 수 있어요!

이제 히나도 이성을 버리고 욕망이 이끄는 대로 진 님과……!

“고마워요, 파루루카. 히나…… 왠지 할 수 있다는 마음이 들기 시작했어요!”

“그거 다행입니다. ――그러니 바로 시도하시죠, 히나 아가씨.”

“알았―― 네?!”

어깨를 잡혀있던 히나의 몸이 그대로 빙글, 돌았어요.

그러자 겸연쩍은 듯이 목에 손을 대고 쓴웃음을 지은 진 님의 얼굴이…….

“어…… 어……?”

진 님은 언제부터 거기 계셨던 거죠?!

파루루카와 대화하는 데 열중해서 전혀 알아차리지 못했어요!

파루루카는 알고 있었던 것 같은데…… 그녀에게 시선으로 호소하자 찡긋 윙크가 돌아왔어요.

대체 언제부터 이렇게 된 거죠?!

그걸 가르쳐주셔요! 상황에 따라서는 히나의 부끄러운 부분을 이미 들은 것 아닌가요?!

그보다 좋아하는 마음을 들킨 건 아닌가요?!

가장 중요한 걸 이런 식으로 들키는 건 싫어요~!

확인해야 해요…… 좋아하는 걸 들키지 않았는지 히나의 눈으로!

“둘이 조금 떠들썩해서 무슨 일인가 싶어서 안에 들어왔는데, 방해였을까……?”

애매해요! 어느 쪽이죠……?!

진 님의 태도. 시선. 사소한 움직임이라도 놓쳐서는 안 돼요.

눈은…… 적어도 흔들리지 않는 것 같아요.

만약 히나의 마음을 알고 있다면 이렇게 똑바로 마주하지는 못할 거예요.

아니, 진 님은 상냥하니까 똑바로 마음을 마주해야 한다고 생각할 수도……?

아, 안 돼요! 잘 생각해 보니 히나도 진 님에 대해서 잘 모르는 걸요!

판별할 수 있을 리가 없어요!

아아~, 히나가 진 님과 서로에 대해 더 이야기했다면 이렇게 되지는…….

"파루루카. 히나의 표정이 계속 바뀌는데, 왜 이러는 걸까?"

"소녀에겐 여러 사정이 있습니다. 그런데 진 님. 언제부터 방 안에 있었습니까?"

"?!"

"언제부터 있었냐니…… 파루루카랑 시선이 마주쳤잖아? 네가 손뼉 쳤을 때부터."

"아아, 그랬죠. 죄송합니다, 히나 아가씨를 상대하고 있어서 그만."

싱글싱글 짓궂은 웃음을 짓는 파루루카.

분명 그녀 나름대로 히나를 부추기려고 한 말이겠지만…… 아무리 그래도 너무 조마조마하게 만들어요!

진 님의 말이 사실이라면 방에 들어온 건 조금 전이에요.

다행이에요…….

박수 후에 히나는 한 번도 '좋아한다'라거나 호의를 연상시키는 키워드는 말하지 않았어요.

으, 긴장과 초조함으로 완전히 뜨거워진 몸을 손으로나마 식혀야겠어요.

"그, 그래서 진 님? 무슨 일인가요?"

"할 말이 있어서."

"하실 말이요?"

"맞아. 히나한테 전하고 싶은 게 있어."

진 님이 어째서인지 점점 다가오시는데…… 너, 너무 가까운데요?!

그야말로 코앞에 진 님이…… 방금 히나의 손을 살짝 잡지 않았나요?!

"……손을?!"

"미안, 싫었어?"

"다, 당치도 않아요! 오히려 제가 잡고 싶은 정도예요!"

"그렇구나. 그러면 잠깐만 이러고 있자."

이, 이렇게 행복한 일이 또 있을까요……?

이건 히나의 꿈이 아닐까요? 비어있는 손으로 볼을 꼬집어봤는데 역시 아파요.

꾸, 꿈이 아니에요……?

히나에게 진 님은 가장 사랑하는 사람이자 최고의 최애와 모습이 겹치는 분.

그런 진 님이 이렇게 손을 잡아주시다니…….

"에헤…… 에헤헤……."

"아앗! 히나 아가씨께서 여태껏 본 적 없을 정도로 황홀한 표정을 지으셨어……!"

"그렇게 기뻐하니 나도 기뻐."

진 님도 기쁘신 모양이에요.

히, 히나는 긴장으로 손에 땀이, 손에 땀이 굉장해요……!

"진 님, 이제 놓아주세요! 너무 기뻐서 히나의 손이 땀으로 축축해요! 진 님의 손을 더럽히고 말 거예요!"

"안 더러워. 난 전혀 신경 안 써, 자."

"하읏?! 양손?! 감싸였어요……?!"

히나의 손이 진 님의 거칠고 남자다움이 느껴지는 손에 감싸였어요……! 먹히고 있어요……!

이건 덮쳐도 된다는 신호?!

남녀가 이렇게 서로에게 미소를 짓고 손을 잡고 있는 건 사랑을 속삭이는 것과 같은 것 아닌가요?

거울을 보지 않아도 얼굴이 새빨개져 있는 걸 알겠어요.

아아…… 열이 너무 올라서 머리가 터져버릴 것만 같아요…….

하지만 여기서 대욕장 때처럼 정신을 잃으면 발전이 없어요.

히나도 어른스러운 레이디가 되어야 해요. 앞으로 진 님에게 어필을 많이 해나갈 건데 손을 잡아준 것만으로 행복에 잠기면 키, 키키키, 키스 같은 건 도저히 할 수 있을 리가 없어요!

굳게, 마음을 굳게 가지는 거예요, 히나!

크흠, 헛기침으로 이성을 되찾고 말을 더듬지 않도록 조심하면서 진 님에게 왜 이런 행동을 하는지 물었어요.

"갑자기 왜 이런 일을……?"

"히나가 익숙한 마대륙을 떠나서 쓸쓸하겠다 싶어서. 나라도 괜찮으면 이렇게 교류하는 시간을 늘리려고 해."

"교류요?"

"마족은 어떤지 모르지만, 인간끼리 스트레스를 해소하는 방법 중에 피부를 느끼는 방법이 있어."

"마족도 동료 의식은 있지만, 성격이 거친 분이 많아서 싸움으로 마음을 가라앉히는 식인데요……."

"하하, 그야말로 문화 차이네. 인간과 마족이 교류하는 세상을 목표로 한다면, 이런 차이를 알아두는 게 도움이 될 거야."

진 님의 말대로예요.

히나의 최대 목표는 인류와 마족의 공존.

진 님 일행과의 교류를 통해서 인간 생활을 경험함으로써 공존에 관해 감각적으로 파악하지 못했던 부분이 보일지도 몰라요.

……히나를 위해 말해준 게 아니라서 약간 섭섭하지만, 진 님은 누구에게나 상냥하니까요.

그런 모습에 끌렸으니 이런 답답한 마음을 품는 건 잘못된 일이겠죠.

"감사합니다, 진 님. 정말 유의미한 시간이 될 것 같아요."

"그럼 다행이야."

"이게 진 님이 히나와 교류하는 시간을 늘리고 싶다고 말한 이유인가요? 그렇다면 파루루카와도……."

"응? 아아, 그건 아니야."

"네? 아닌, 가요?"

예상치 못한 대답이었어요. 어째서죠?

"나는 히나의 스트레스를 풀어주고 싶어서 한 거니까."

"스트레스…… 예?! 히나를 위해서였나요?!"

"원래 그럴 생각이었어. 미안해, 빙빙 돌려 말했네."

다, 다시없을 기회가 왔어요~!

파루루카가 힘내라며 주먹을 쥐고 응원을 보냈어요.

"지, 진 님!"

옷자락을 꼬옥 잡았다.

차려 놓은 밥도 못 먹는 건 남자의 수치…… 아니, 마왕의 딸의 수치에요!

"사실 히나는…… 진 님과 하고 싶은 게 있어요!"

"응? 내가 들어줄 수 있는 거라면."

가슴을 두드리며 말하는 모습이 얼마나 믿음직한지.

넋을 잃고 보기만 하고 있어도 세상은 기다려 주지 않아요.

히나가 멈춰있는 동안에도 세상은 시곗바늘을 움직여요.

언제까지 꿈꾸는 소녀인 채로는 있을 수 없어요……!

“이, 이거!”

히나와 진 님을 이어준 책을 내밀었어요.

긴장감으로 인해 목에서 수분이 급속하게 사라져 가는 느낌.

평소보다 끈적한 침을 꿀꺽 삼키고 어떻게든 목소리를 냈어요.

“여기 나오는 걸…… 진 님과 둘이…… 하, 하고 싶어요…….”

마, 말했다……!

히나, 말했어요……!

시야 끄트머리에서 파루루카가 히나보다 더 힘차게 환호의 포즈를 취하고 있어요.

어떤가요, 파루루카! 히나도 할 때는 한다구요!

이런, 흥분한 채로 있을 순 없죠.

아직 진 님과의 대화는 끝나지 않았어요. 제대로 대화를 해나가야 해요.

진 님의 표정을 살짝 살펴보니, 역시 엘프 마을에서 히나에게 손을 내밀어줬을 때처럼 부드러운 미소였어요.

“이 책은 왕도에서 헤매고 있을 때…….”

“마, 맞아요! 히나와 진 님을 만나게 해준 책이에요! 히나는 이 책을 너무너무 좋아해서…… 진 님과도 꼭 멋진 체험을 해보고 싶어요!”

“그렇구나. ……알았어. 히나가 하고 싶으면 얼마든지.”

"정말인가요?!"

"남자는 두말하지 않아! 맡겨줘."

"와아아아아……!"

순간적으로 입가에 손을 대서 기쁜 나머지 새어 나올 것만 같은 기분 나쁜 목소리를 막았어요.

어떻게든 정상적인 웃음을 짓고 우아한 척을 하고 있지만, 필사적으로 억누르고 있을 뿐이지 마음속은 야단법석.

감동한 나머지 머릿속에서 미니 히나들이 난리를 피우는 모습이 환각으로 보일 것만 같은 흥분 상태.

진 님 앞이니까 숙녀답게 있으려고 노력하지만…… 진 님이 없어지면 위험할 거예요.

목적을 달성해서 어휘력과 평상심이 어딘가로 날아갔어요.

분명 파루루카와 둘이 떠들썩하게 축하할 것이 틀림없어요.

밖에서 감시 중인 류시카 님에게도 분명 웃음소리가 들릴 테니, 진 님에게만은 비밀로 해달라고 부탁해야겠어요.

만약 보고 의무가 있어서 그럴 수 없다면…… 그때는 죽음……이네요. 달갑게 받아들이죠…….

이 기쁨을 함께 나누지 않는 게 당연히 더 손해예요.

"그럼 나도 갈게. 자기 전에 방해해서 미안해."

"어머, 진 님이라면 언제든지 대환영이에요."

"가끔 놀러 올게. 하지만 너무 자주 오면 저렇게 되니까."

"네? 대체 뭐가…… 히익?!"

진 님이 뒤를 가리키기에 돌아보니, 창문에 레키 님이 달라붙어 있었어요.

축축한 눈으로 이쪽을 바라보는 레키 님.

와, 왕궁은 침입을 막기 위해 외벽이 매끄러운데, 레키 님은 어떻게 바깥에 계신 거죠?!

레키 님이 저희를 감시하고 있었던 것보다 그게 더 공포에요.

"아, 알았어요. 그럼 적당히 하는 걸로……."

"그래."

레키 님의 거동에 쓴웃음을 짓는 진 님.

대화가 들리는지 레키 님은 엄지를 척 세우고는 그대로 위로 기어 올라갔어요. 그때마다 뭔가 부스러기가 떨어지는 듯한…….

설마 벽에 손가락을 박아서 이동을……?

아, 아니, 생각하는 건 그만두죠. 그저 레키 님에게 주의를 받았다고만 생각해요.

진 님에 대한 히나의 마음은 인정해 주셨지만, 그걸 그냥 묵인하는지는 별개죠.

"히나, 내일 보자. 오늘은 푹 쉬도록 해."

"네! 내일 봐요, 진 님!"

손을 흔들어 진 님을 배웅했어요.

내일 보자…… 참 아름다운 말이에요.

앞으로 한동안 진 님과 이렇게 인사할 수 있다고 생각하니 어떤 일이든 덤비라는 기분이 들어요!

탁, 문이 닫히는 소리와 함께 히나는 파루루카에게 향했어요.

"파루루카!"

"해냈군요, 히나 아가씨!"

서로 강하게 끌어안고 건투를 축하했어요.

파루루카의 나이스 어시스트가 없었다면 히나는 진 님에게 다가갈 수 없었어요. 히나는 파루루카의 도움을 헛되이 하지 않았어요!

"이로써 '히나 가이스트'에 한 걸음 가까워졌군요."

"저, 정말! 파루루카도 참…… 아직 그 이름을 꺼내기엔 일러요!"

과하게 들뜬 자각이 있지만, 지금만은 이 순간을 즐기고 싶어요.

이제 히나는 진 님과 합법적으로 접촉할 시간을 확보했어요.

이건 아주 큰 진보예요!

히나와 진 님 둘만의 시간의 가치는 보석보다 귀한 것.

누구에게도 방해받지 않는 둘만의 공간…… 이 얼마나 감미로운 울림인가요.

"히나 아가씨는 진 님께 어떤 것을 요구하실 생각입니까?"

"몇 가지 후보는 있는데…… 파루루카도 같이 골라줄래요?"

"물론입니다! 서큐버스로서 남성에 대해 잘 파악하고 있다는 자부심이 있습니다."

"믿음직해요……! 이 정도로 강력한 원군은 없을 거예요."

"그렇게 정해졌으니 바로 아가씨가 기억하고 계신 모든 상황을 가르쳐주십시오. 저 파루루카…… 성심성의껏 조언하도록 하겠습니다!"

심야가 가까웠지만 히나 일행의 들뜬 분위기가 식는 일은 없었어요.

걸즈 토크는 극약이네요! 왜 이렇게 졸리지 않게 되는 걸까요.

"동경하는 상황은 책을 펼치지 않아도 자세하게 설명할 수 있어요! 일단은…… 손을 잡고 일상을 보내고 싶어요."

"그렇군요…… 그 외에는 있습니까?"

"서로 먹여주는 것도 해보고 싶어요. 후훗, 사소한 시간도 좋아하는 분과."

"으음……."

"그리고 그리고, 마지막에는 진 님과 키, 키스……를 할 수 있으면…… 꺄아아악! 아무래도 그건 너무 많은 걸 바라는 거겠죠? 파루루카?!"

"저…… 히나 아가씨."

파루루카가 갑자기 히나의 양어깨를 잡더니 정말로 안타까운 듯한 표정으로 갑자기 사죄했어요.

"그 너머의 관계가 아니면, 저는 도움을 드릴 수 없을 것 같습니다……!"

"네? 어째서죠?"

"차라리 평범한 연애 경험보다는 우선 하룻밤을 보내보는 건 어떻습니까?! 그러면 얼마든지 기술을 전수할 수 있습니다!"

"파루루카?!"

그, 그런 건 아직 일러요!

아직 연인 관계조차 되지 못했는데, 갑자기 문턱이 너무 높다고요!

장래에는 진 님과 그런 걸 할 수 있으면 행복하겠지만…… 아, 아무튼 일러요!

그런 뜻을 전하자 파루루카는 어깨를 축 늘어뜨렸어요.

"그렇습니까……. 그렇다면 최소한 방해가 되지 않도록 하겠습니다. 만일 히나 아가씨의 결행일이 오면, 저는 밤늦게까지 일이 있을 예정이니 안심해 주십시오."

"그러니까, 그런 배려를 하기엔 아직 일러요!"

"하지만! 조금, 조금만이라도 좋으니 제 기술들을 익혀두세요!"

"파루루카, 당신 피곤한 거 아니에요?!"

낮에는 도저히 할 수 없는 말을 반복하는 파루루카를 진정시켰어요.

히나와 파루루카의 두근두근☆진 님 함락 작전……에 대해 얘기할 예정이었던 회의는 결국 해가 떠오를 때까지 이어졌어요.

그리고 독서가인 류시카 님이 '내게도 『약하다는 말을 듣는 후위술사지만 사실은……! ~믿음직하지 않은 그 녀석이 보여주는 전장에서의 늠름한 모습~』을 빌려주지 않겠나?'라고 해서, 히나와 파루루카의 작전 내용을 묵인하는 조건으로 빌려드린 건 소녀의 비밀이에요.

◇◇◇◇◇

방을 나오자 안쪽에서 히나 일행의 새된 목소리가 들렸다.

무슨 이야기인지는 몰라도 여자들만 이해할 수 있는 화제인 듯했다.

하지만 나는 그쪽에 귀를 기울일 여유가 없다.

왜냐하면 뚱하게 볼을 부풀리고 있는 다람쥐 같은 소꿉친구가 눈앞에 있기 때문이다.

"진 씨, 저도 부풀리고 있거든요? 가슴을!"

"대체 어떻게 다람쥐 같다는 생각을 읽은 거야……."

그리고 가슴이 커졌는지 어떤지는 하루 이틀 눈으로 본다고 인지할 수 없다.

그야말로 매일 다수의 가슴에 둘러싸인 생활을 하는 게 아니고서야.

자신의 풍만한 가슴 옆에 손을 대고 뾰로통하게 화내는 유우리.

그런 유우리의 가슴을 아래에서 머리로 받치면서 날 위협하는 레키.

볼을 부풀린 모습은 다람쥐 같은데 슬쩍 새어 나오는 위압감이 포식자라 위화감이 가득했다.

두 사람이 이러는 이유는 이해하지만…….

"이번에는 봐줘도 되잖아."

줄곧 문을 지키던 류시카가 어이없다는 눈빛으로 내 마음을 대변했다.

아무래도 나이가 있는 만큼 이런 상황에 대한 대응에는 어른스러운 여유가 있었다.

"류시카 씨! 이건 전쟁이에요! 빈틈을 보이는 순간 당한다고요!"

"옳소~ 옳소~."

"그렇다고 외벽에 손가락으로 구멍을 뚫고 기어 올라와서 방을 엿보는 건 문제잖아."

"그건 감시 임무의 일환. 문제없어."

논리가 엉망이지만 무슨 말이 하고 싶은지는 이해했다.

레키와 유우리는 질투하고 있다. 유우리도 나와 히나가 한 약속을 레키에게 들은 모양이다.

내가 히나와 보내는 시간이 늘어나면 그만큼 다른 사람과 보내는 시간이 줄어든다.

이 둘은 이래저래 질투심이 제법 있는 편이므로, 예상했던 반응이다.

하지만 히나는 가족이 적이 되었고, 그마저도 잃어버릴 수도 있는 상황이다. 그녀를 조금 더 신경 쓴들 누구도 비난할 수 없다.

"너희도 들었잖아? 히나가 날 '아버님'이라 부른 거."

"읏…… 그건 그렇지만……."

목욕탕에서 히나는 날 무의식적으로 '아버님'이라 불렀다.

그녀가 원하는 것은 틀림없이 가족애. 그중에서도 유일한 육친인 아버지, 마왕의 사랑일 것이다.

이 중에 남자는 나밖에 없으니, 아버지의 대역은 못하더라도 함께할 시간쯤은 주고 싶다.

"진 씨는 히나의 마음을 모르니까 그런 말이 나오는 거예요……."

항상 시원시원하게 말하는 유우리 치고는 보기 드문 애매한 중얼거리는 말투.

그 때문인지 그녀가 하는 말 대부분을 들을 수 없었다.

아니, 들리지 않아도 안다. 히나를 신경 쓸 것이라면 레키와 유우리의 불안을 해소하는 것 또한 내가 해야만 하는 일.

지금까지 많은 사랑과 호감을 전해준 두 사람을 소홀히 대할 수는 없다. 물론 류시카도 마찬가지. 그녀도 표현하지 않았을 뿐, 속으로는 불만스럽게 생각하고 있을지도 모른다.

나도 사랑하는 그녀들을 괴롭게 하고 싶지는 않다.

그래서 준비한 대책!

"자, 진정해. 안 그래도 이럴 거 같아서 생각해 놓은 게 있어."

"뭔데?"

"우리가 히나의 감시를 맡기는 했지만, 사실 언제까지고 계속 이러고 있을 수는 없잖아?"

"응. 해야 할 일이 잔뜩 있으니까."

마왕을 토벌해도 '용사 파티'의 일이 사라지는 건 아니다. 세상에는 아직 도움을 바라는 사람이 많기 때문이다. 어려운 이들에게 꿈과 희망을 전하는 것도 세상을 구한 자의 책무다.

피해지에 가서 복구 작업을 돕거나, 다친 사람을 치료하거나,

마족 잔당을 처리하거나 하면서 말이다.

물론 결혼반지의 재료도 모아야 한다.

“그래서 말인데, 2인조를 짜서 히나와 파루루카를 감시할 거야. 쉽게 말해서 로테이션이지.”

생각한 방법을 말하자 유우리가 가장 먼저 반색했다. 내 의도를 간파한 것이다.

“지, 진 씨…… 그건 즉……!”

“맞아. 눈치가 빠르네.”

“좋아요! 그럼 히나를 상대해도 전혀 문제없어요!”

온몸으로 기쁨을 표현하듯이 뿅뿅 뛰는 유우리.

“……무슨 뜻이야?”

레키가 고개를 갸웃하자, 류시카가 설명을 보탰다.

“쉽게 말하자면, 우리에게 순서대로 진과 단둘이 있을 시간이 생긴다는 뜻이다.”

“아!”

이러면 항상 단둘이 행동하게 된다. 즉, 넷 모두 있을 때와 다르게, 계속 둘만의 시간을 보낼 수 있다.

세 명이 날 사랑하듯이 나 또한 세 명을 사랑한다.

항상 같이 있는 넷이 사이좋게 시간을 보내는 것도 물론 근사한 일이고 소중하지만, 가끔은 이런 것도 나쁘지 않다.

“질문 있습니다!”

“네, 유우리 씨.”

"단둘이 있는 순서는 고정인가요? 아니면 로테이션마다 변경하나요?"

"아무래도 로테이션이 한 번 돌 때마다 다시 정하는 게 공평하지 않을까? ……말이 나왔으니 바로 순서를 정할까."

"훗, 어쩔 수 없군. 어차피 다들 첫 번째 순서를 노리고 있겠지?"

"당연. 진의 넘버원 아내는 나니까."

"어머나? 누가 제 허락도 없이 넘버원이라는 거죠? 오랜만에 '성녀'의 힘을 발휘해야겠네요."

"'변녀'의 힘은 지금도 매일 넘치게 발휘하고 있으면서."

"조만간 가슴으로 말할 수 있게 되는 거 아니야?"

"호오…… 그럼 그 가슴으로 시끄러운 입을 막아드릴까요? 아, 진 씨에게는 특별히……."

"그 이상은 용납 못 해."

레키에게서 순식간에 대량의 마력이 뿜어져 나왔다.

자, 잠깐, 이 전개는……!

또 세 명의 마법에 휘말리는 건 사양이다!

"순서를 정하는 방법은…… 후회 없이 실력 행사가 최고."

"아무래도 숨겨둔 힘을 쓸 때가 온 것 같네요."

"잘됐군. 마침 새로운 마법을 개발해서 시험해 보고 싶던 차거든."

"……다들 그만해. 순서를 정할 방법도 이미 정해놨으니까."

""""엑?!""""

과거의 경험을 통해서 이대로 가면 복도에 대참사가 날 것이라 예상한 난 그렇게 말했다.

당연히 실내에서 마법전을 펼칠 수는 없으므로…… 결국 내 의견에 따르게 되었다.

◇◇◇◇◇

“역시 용사인 내가 넘버원.”

“안녕, 히나. 처음은 나와 레키가 감시를 맡을 거야. 잘 부탁해.”

“네! 두 분 모두 잘 부탁드려요!”

결국 어젯밤 제비뽑기의 승자가 된 건 레키였다.

용사에게 유리한 피지컬 요소를 피하려고 무작위 수단을 쓴 건데…… 레키가 직감으로 당첨을 차지했다.

이것도 용사의 능력이려나…….

“저기 근데, 두 분 모두 여기 계셔도 되는 건가요? 파루루카는요?”

“아, 그게 말이지…….”

“파루루카는 행복해 보였으니까 괜찮아. 내 직감이 그렇게 말하고 있어.”

그녀는 급사 담당이 되어 조리장 일을 돕고 있는데, 남자에게 둘러싸여 그런지 얼굴에 웃음이 가득했다. 본인이 말하기를 밤의 망상을 위해서라도 남자를 건드릴 생각이 없단다.

더구나 그녀가 히나의 평판을 떨어트릴 일을 하지는 않을 터. 욕망에 져서 건드릴 인물이었다면 애초에 히나를 수행하지도 않았을 거다.

“레키 님이 용인하셨다면야 괜찮겠지만요……. 그런데 그…… 아까부터 하나 물어보고 싶은 게 있는데…….”

“뭐든지 물어봐. 점심은 아직이야.”

“아뇨, 그게 아니라…….”

말하기 어려운 듯이 나와 레키를 힐끗힐끗 보는 히나.

하지만 그녀는 바들바들 떨리는 손가락으로 레키를 가리켰다.

“왜 레키 님은 진 님에게 달라붙어 있는 건가요?!”

레키는 히나를 만나기 직전, 내 몸에 달려들어 그대로 달라붙었다. 물론 레키가 작정하면 정신적으로도 육체적으로도 떼어놓을 수 없다. 그래서 나는 그냥 이대로 히나를 만나러 왔다.

애초에 그녀들과 다소의 접촉은 예상했던 일이고, 거부할 생각도 없었지만.

그녀가 이런 엉뚱한 행동을 하는 건 어제오늘 일이 아니니 앞으로 히나도 서서히 익숙해졌으면 좋겠다.

“아내니까. 아내의 특권.”

“그렇게 말씀하시면 할 말이 없네요……!”

그걸로 납득하는구나.

하지만 적어도 인간 부부는 이런 식으로 꽁냥대진 않을 거야.

아내 쪽이 너무 적극적이잖아.

"히나도 나한테 배워. 아내로서 대하는 법."
"고, 공부가 되네요, 선생님!"
"에헴~."
뭐, 둘이 즐거우면 됐나. 감시 시간에는 어떻게 하라는 규정도 딱히 없고.
그저 내가 부끄러움을 감수하면 될 이야기다.
"선생님은 평소에도 진 님과 이런 스킨십을 하나요?"
메모지를 꺼낸 히나가 레키의 대답을 기다렸다.
본격적으로 취재 태세를 갖춘 그녀는 굉장히 열심이었다.
"물론. 하지만 이건 시작에 불과해."
"네? 그러면요?"
"더 격하게 사랑을 전하는 방법이 있어. 그걸 지금부터 보여줄게."
그렇게 말하고 그녀는 내 볼에 뽀뽀의 비를 퍼부었다.
히나가 '히약?!' 하고 귀여운 목소리를 냈는데, 정작 소리를 내고 싶은 건 나다.
설마 히나 앞에서 뽀뽀할 줄은 몰랐다.
놀란 티를 내지 않은 건 오랜 시간 단련된 경험 때문이었다.
애초에 말리고 싶어도 팔이 붙잡혀 있으니 방법이 없지만!
마음속으로 체념한 웃음을 지으면서 아직 볼에 마구 쪽쪽대고 있는 레키에게 말했다.
"레키. 히나한테는 너무 자극적인 장면이니까 그만하자."

"여기서부터가 진짜인데."

"이 이상 달아오르면 다른 사람에게 보여줄 수 없잖아."

"진의 다른 곳도 달아올라?"

"레키!"

"아우우……."

문제 있는 발언이 이어져서 강하게 질책하자 레키도 그만했다.

이거 봐, 히나가 부끄러운 나머지 손으로 눈을 가리고…… 아니, 손가락 틈새로 살짝살짝 보고 있네.

아무튼 교육에 좋지 않으니 이쯤에서 끝내야 한다.

"응, 미안. 역시 너무 과했어."

"알았으면 됐어."

"하마터면 유우리의 역할을 빼앗을 뻔했어."

"그런 의도로 말한 건 아닌데?"

"사실은 입에 키스하고 싶었어…… 하지만 이걸로 참을게."

"앗, 야, 레키……."

레키가 목덜미에 얼굴을 묻자 아주 약간의 따끔함, 그리고 뜨뜻미지근한 감촉.

쪽…… 쪽…… 하고 레키가 내 목덜미에 달라붙는 소리만이 방에 울렸다.

덮쳐오는 간지러움에 목소리가 새어나가지 않도록 힘을 주면 더 간지러워지는 악순환.

내가 필사적으로 소리 내는 것을 참고 히나도 '하앗' '와앗' 하고 작은 목소리로 얼굴을 붉히고 있기만 해서 레키가 내는 소리가 더더욱 크게 들렸다.

이윽고 그녀는 얼굴을 들고 매우 만족스러운 표정으로 엄지를 척 세웠다.

“최고……!”

“다, 당치도 않아요, 선생님……!”

“이렇게 좋아하는 사람에게는 자기 남자라는 표시를 해서 존재감을 넌지시 드러낸다. 다른 암컷들의 접근을 차단하는 효과적인 방법이니 기억해 둬.”

“대, 대단해요, 선생님……! 아니, 스승님……!”

“흐흥. 히나보다 연애 경험은 풍부해. 맡겨둬.”

“레키의 연애 경험도 나 말곤 없잖아……?”

……아니, 딴지를 걸 곳은 거기가 아닌데.

레키가 입술을 댔던 부분을 손가락으로 쓰다듬었다.

방에 놓인 거울을 살짝 보니 빨간 자국이 남은 게 보였다.

하아…… 내일은 목까지 전부 가릴 수 있는 옷을 입어야겠다.

“스승님! 더 많이! 히나에게 가르침을 더 많이 주십시오!”

“맡겨둬, 아직 많이 있어.”

“역시 스승님……!”

히나에게 레키의 행동은 지나치게 자극적이었을 거다. 지금쯤 레키가 몹시 어른스럽게 보이지 않을까.

레키는 주머니에서 바스락거리며 뭔가를 꺼냈다.

"진. 제자에게 좋은 모습을 보여줘야 하니 협력해."
"남들 앞에서 꽁냥대라는 협박을 태연하게……."
"협박 아니야. 부탁."
"협박이 아니라면서, 그 목줄은 뭔데?!"
레키의 손에는 쇠사슬이 달린 갈색 가죽 개 목걸이가 있었다.
이제 막 입문한 제자에게는 너무 하드하지 않을까? 중간 과정을 10개 정도 뛰어넘는데?
……아니, 애초에 할 생각도 없지만?!
"아, 미안. 잘못 꺼냈어."
"그렇지? 오해지? 내 아내는 상식적인──."
"──이 목줄이 히나 거. 깜빡했어."
"왜 그렇게 되는데?!"
"스승으로서 제자에게 모범을 보여줄게. 히나, 잘 봐둬."
"아, 알았어요!"
레키는 개 목걸이를 히나에게 건네주더니 '엑스칼리버'를 쥐었다.
성검과 목줄의 조합이란……!
내가 마음속으로 딴지를 걸고 있으니, 레키가 날 향해서 성검을 겨누었다.
"에잇."
"어?"
내가 뭐라고 말을 꺼내기도 전에 성검이 움직였다.

챙 하는 소리를 내며 바닥에 떨어지는 나의 벨트.

내가 너무 갑작스럽게 일어난 일에 아연실색하는 사이, 레키는 잘린 벨트를 술술 빼서 만족스럽게 웃었다.

"이게 내 목줄. 이걸로 귀여움받을 거야."

"나, 남자분이 몸에 착용하고 있던 것을 자기 몸에 두른다……! 이, 이 얼마나 수준 높은 사랑의 표현인가요……?!"

"감탄할 일이 아니잖아?!"

"아, 진."

"왜?! 일단 내 벨트부터 돌려줄래?!"

"바지, 흘러내렸어."

"꺄악!!"

"어머나, 귀여운 비명이네요."

히나는 왜 태연한 건데! 바로 앞에서 남자의 팬티를 봤는데!

성검이 바지의 고리까지 파괴했는지 힘없이 흘러내렸다.

가랑이를 재빨리 손으로 가리자 레키가 기다렸다는 듯이 나를 넘어뜨렸다.

"좋아, 위에 올라탔다. 이제 귀엽게 조르면 끝."

"대단해요……! 지식이 늘었어요!"

"유우리와 류시카도 좋은 가르침을 줄 거야. 열심히 공부해."

"감사합니다, 스승님!"

"나는 히나를 감시할 때마다 이런 모습이 되는 거야?"

"응. 우리도 성욕을 발산할 수 있으니 일석이조."

"그건 보통 남자 쪽의 대사가 아닐까?!"

"진정하고. 자, 목줄 잡아, 주인님."

레키는 덤덤한 표정으로 쇠사슬을 내 손바닥에 강제로 쥐여주었다. 쇠사슬은 히나의 손에 들린 개 목걸이와 이어져있다.

"아, 안 돼! 히나에게 그런 짓을 할 수는 없어!"

"그래? 그러면 이것도 내가 쓸게."

"전혀 해결되지 않았어!"

하지만 내 말은 무시하고 히나의 손에서 집어 든 개 목걸이를 자기 목에 채우는 레키.

잘그랑잘그랑 그녀가 쇠사슬을 흔드니 그게 확실하게 내 손으로 이어져 있다는 걸 증명했다.

"히나는 이걸 참고해."

"네, 네! 스승님! 히, 히나도 공부하겠어요……!"

그렇게 대답하는 히나의 볼은 상기되어 있었고 눈도 왠지 풀려 있었다.

살짝 올려다보는 모습은 귀엽지만, 시키는 짓은 전혀 귀엽지 않다.

"진은 겁쟁이. 어쩔 수 없으니까, 우선은 나로 익숙하게 만든 뒤에 히나 차례."

"말이 이상하지 않아?!"

"후후훗. 무슨 말을 해도 밑에 깔린 이상 진은 내 마음대로 할 수 있어."

아까 자른 벨트를 히나에게 건네는 레키.
"내 차례가 끝나면 이걸로 흉내 내면 돼."
"히, 히나는 안 할 거지……?!"
"네?! 아뇨, 그…… 진 님만 괜찮으면 히나도 조금 관심이 있는데……."
그렇게 말하는 히나의 모습은 마치 주인의 명령을 기다리는 강아지 같았다.
'기다려'를 들은 것 같은 상태로 내가 'OK' 사인을 주면 바로 달려들 것 같다.
작은 동물이라 하기에는 눈동자에 좀 심하게 부정한 마음이 깃들어 있지만.
"서방님에게 어리광을 많이 부리고 싶은 레키 멍멍이와."
"히, 히나 멍멍이를 잔뜩 귀여워했으면 좋겠다…… 멍?"
"멍멍."
두 사람은 열띤 시선으로 올려다보면서 그렇게 부탁했다.
……미리 사과하겠다.
이런 부탁을 받고 반응하지 않는 남자는 이 세상에 존재하지 않는다.
불끈거리며 일어나려고 하는 나의 분신.
두 사람의 위치에서는 바로 알아차릴 것이다. 바지도 벗겨져서 팬티만 입은 상태라 변화가 현저하게 나타난다.
더 이상 이성으로는 억제할 수 없는 본능이 폭주하기 전에 난

결단을 내렸다.

"읏…… 우오오오오오오오!"

"후훗, 적극적."

히나는 내 가슴팍에 기대는 모양새가 되었다.

왜냐하면 내가 손에 들고 있는 쇠사슬을 잡아당겼기 때문이다.

레키는 내가 건드릴 각오를 했다고 생각하고 있는 것 같지만 그게 아니다.

내가 한 각오는…… 기절할 각오다!

바로 내 목에 쇠사슬을 동여매고 힘껏 조였다.

"앗."

"꺄악?! 진 님──!"

"레키! 뒤를 부탁한다……! 커헉……."

마지막으로 전언을 남긴 나는 목을 졸라 기절했다.

Life 4-4

새로운 소중한 것

"작업하기에 딱 좋은 날씨네요, 진 님!"

"그래, 너무 더워지지 않을까 걱정될 정도야."

히나의 말대로 아주 화창했다. 구름 한 점 없는 파란 하늘 아래, 이 더위에 어울리지 않는 두꺼운 옷을 입고서 무너진 건물이 즐비한 곳에 왔다.

풍경은 엉망이지만 이곳 또한 왕도이다.

울발트 님이 방치한 게 아니라, 얼마 전에 마법에 휩쓸리면서 파괴된 걸 아직 복구하지 못했다.

갑작스러운 재난에 울발트 님은 자금을 풀어 일자리를 잃은 사람들을 복구 인력으로 고용했다. 덕분에 피해자들은 급여를 받으며 삶의 터전을 자기 손으로 재건할 수 있게 되었다.

즉, 이 현장에 있는 사람들은 히나가 불행에 빠뜨린 사람들이라고도 볼 수 있다.

"……이 상황을 직시하는 게 히나가 해야 할 일이군요."

현장에 도착한 그녀는 무너진 집을 보자 웅크리고 앉아 손을 모아 묵념했다.

힘을 쓰는 작업이 주된 현장이라 남자밖에 없어서 작업복을 입은 작은 여자아이를 보고 모두가 의아해하는 시선을 보내……는 게 보통이겠지만, 이 현장은 다르다.

울발트 님이 이 현장을 선택한 데는 두 가지 이유가 있다.

첫째는 히나가 죄를 마주할 수 있는 점.

"여어! 네가 오늘부터 내 밑에서 일한다는 녀석이냐!"

둘째는 현장 관리자가 히나와 같은 여자아이라는 점이다.

오렌지색 머리카락을 짧게 자른 숏 보브컷.

약간 치켜 올라간 눈매는 무서운 느낌이 있지만 그걸 지워버릴 정도의 쾌활한 웃음.

소매가 긴 오버올 작업복의 팔을 걷은 그녀는 끼고 있던 장갑을 벗고 히나에게 손을 내밀었다.

"난 멜트. 사정이 있어서 아버지 대신 이곳을 맡고 있어! 잘해 보자!"

"오늘부터 신세 지게 된 히나에요! 잘 부탁드립니다!"

손을 잡고 말을 건 현장 주임 멜트에게 인사하는 히나.

잠시 말없이 서로를 바라보는 시간이 이어졌는데…… 침묵을 깬 건 멜트였다.

"모자도 썼고 작업복도 챙겨 입었군! 윗사람에게 예의도 바르고. 현장을 얕보는 제멋대로인 아가씨가 아니라는 건 알겠어!"

히나의 복장은 평소 입는 드레스가 아니라 현장 착용 의무인 작업복이다. 머리에 난 뿔은 일반인에겐 보이지 않도록 류시카가 인식 저해 마법을 건 모자를 쓰고 있으니 들킬 걱정은 없다.

평소에는 복슬복슬한 머리카락도 작업 중에는 방해되니 포니테일로 묶어서 목이 시원해 보였다.

히나의 진심으로 임하려는 자세가 멜트에게 전해진 것 같은데…….

"그리고 힘차게 대답하는 녀석은 좋아한다! 게다가 이렇게 귀엽다니…… 진 씨, 진짜 괜찮아? 여기 제법 험한데?"

"괜찮아. 팍팍 써줘. 이래 보여도 나보다 힘이 세니까."

"그 대사는 남자로서 어떨지 싶은데……."

젊은 여자아이의 차가운 시선은 마음에 꽂히는구나…….

"농담이야. 진 씨는 힘쓰는 일 담당이 아니잖아. 그러니까 그렇게 낙담하지 마."

"아니, 나는 딱히 상처받은 게……. 아무튼 히나를 잘 부탁할게."

"물론이지! 나한테 맡겨!"

그렇게 말하고 내 등을 팍 치는 멜트.

하지만 히나와 마주 보자 진지한 표정으로 돌변했다.

"……이들 가족의 명복을 빌어줘서 고마워. 오늘부터 잘 부탁해, 히나."

표정에 적의는 없었다. 히나의 예의 바른 태도와 진심에서 우러나온 행동이 멜트의 마음에 와닿았을 것이다.

수장이 인정하자 다른 작업원들도 히나에게 다가왔다.

"아, 오늘 온다던 게 너구나. 얘기 들었어! 어쨌든 용사님의 친척이라면서? 여기서 일하기를 자원하다니, 장하네."

"아…… 아뇨, 히나는 해야 할 일을 하려는 것뿐이에요."

히나가 살짝 미묘한 표정으로 대답했다. 주시하지 않으면 알아차리지 못할 수준이었지만. 관계자가 아니라면 저게 죄책감에서

비롯되었다는 건 모를 것이다.

“잔해를 치우거나 자재를 옮겨야 하는데, 그렇게 작은 몸으로 괜찮은가?”

“맡겨주세요! 큰 통나무도, 이렇게 들 수 있어요.”

가까이에 있던 건축 자재를 가볍게 들어 올리는 히나.

마족은 인간보다 근력이 높아서 히나라도 저 정도는 쉽게 든다.

“오오~! 대단하네!”

“역시 용사님의 친척! 힘이 굉장하군요! 그렇죠? 진 씨!”

“예, 뭐…… 그렇죠.”

당연하지만 자신감을 보이는 저 소녀는 레키의 친척이 아니라 얼마 전에 마대륙에서 도망친 히나다. 불과 몇 달 전에 여기서 이 건물들을 파괴한 장본인이다.

용사의 친척이란 히나의 출신을 감추기 위해 울발트 님이 만든 가짜 신분이다. 용사의 친족이라고 하면 뛰어난 근력도 ‘가호’라고 둘러댈 수 있다.

“이런 나이에 자진해서 복구에 지원하다니…… 나 젊었을 때와는 딴판이군. 내가 젊었을 때는 더 제멋대로였는데 말이지!”

“젊을 적은 무슨, 멜트도 히나랑 비슷한 나이잖아. 뭐, 스스로 지원한 건 사실이니 사양하지 말고 일을 시켜도 괜찮아.”

“물론 설렁설렁 부릴 생각은 없다. ……아직 그 마족에게 당한 곳이 남아있으니까.”

밝은 표정에서 증오로 물든 표정으로 완전히 바뀐 멜트.

멜트는 그 일로 인해 아버지가 사경을 헤매는 아슬아슬한 상황까지 몰렸다.

그녀가 젊은 나이에 현장 지휘를 맡은 건 아버지가 아직 요양 중이라 일을 대신하고 있기 때문이다.

아버지의 용태는 그 정도로 심각했다. 유우리의 치료가 늦었다면 지금쯤 아버지는 이 세상에 없었을 것이다.

지금이야 무사히 회복 중이지만, 자칫 소중한 가족을 잃을 뻔했으니 멜트의 분노는 당연하다.

애초에 가족의 추억이 담긴 집은 이미 파괴되었으니, 그것만으로도 히나 일행에게 증오심을 가지기에는 충분하다.

히나는 틀림없이 마음을 고치고 좋은 방향으로 가고 있지만, 과거는 절대 사라지지 않는다.

히나는 그 업보를 마주하려고 하고 있다. 그래서 여기 오자마자 기도했다.

죽은 자의 명복을 비는 마음은 마족이나 인간이나 별반 다르지 않은 모양이다.

울발트 님이 일할 곳을 말했을 때, 히나는 주저하지 않았다.

그녀는 여기서 속죄할 생각이다. 자신의 과거를.

"……하루빨리 복구할 수 있으면 좋겠네."

"그렇게 될 거야. 우리의 손으로 말이지. 용사 파티도 정기적으로 도우러 오니 오래 걸리진 않겠지. 고마워."

"감사받을 일이 아니야. 너희가 이곳에서 노력하듯, 그게 우리의 일이니까. 그러면 히나를 잘 부탁할게. 나중에 데리러 올게."

"그래! 나중에 보자!"

물론 일하는 동안에도 감시가 해제되는 건 아니다. 류시카가 히나의 마력을 추적하고 있으니, 유사시에는 바로 전이할 수 있다.

용사 파티는 도와야 할 사람이 아직 많다. 계속 종일 감시하고만 있을 수는 없다.

"히나, 열심히 해! 나중에 데리러 올게!"

"네, 진 님! 열심히 히나가 해야 할 일을 하겠어요!"

완전히 모두에게 둘러싸인 히나에게 손을 흔들었다.

그걸 알아차린 히나도 팔랑팔랑 손을 흔들어줬다.

……저 상태라면 문제는 안 일으키겠지.

돌아가서 보고하는 게 기대되네.

그렇게 생각하면서 왕성으로 돌아갔다.

◇◇◇◇◇

저녁. 히나를 데리러 가는 역할도 로테이션인데, 파티원들의 조언에 따라 내가 데려다주고 데려오는 역할을 맡게 되었다. 왜 그런 건지 잘은 모르겠지만, 그게 히나에게 가장 스트레스가 안 된다고 한다.

현장 사람들에게 인사를 마친 히나와 합류한 나는 바로 왕성으로 돌아가지 않고 왕도의 거리를 안내했다.

당연히 서로 인식 저해 로브를 입고 있어서 정체를 들킬 일은 없다. 그뿐만 아니라 우리의 대화도 오가는 사람들의 귀에는 들리지 않을 것이다.

"——그래서 친목을 다지고 왔어요. 모두 아주 착한 분들이라 정말 일하기 편했어요!"

히나는 환하게 웃으면서 즐거운 듯이 현장에서 일어난 일을 이야기했다.

원래 성격이 밝은 히나는 상당히 귀여움을 받은 듯했다.

그런 점까지 조사하고서 울발트 님이 배치를 지시한 거겠지만. 그래도 본인에게 들으니 확실히 와닿았다.

"내일도 열심히 할 수 있을 것 같아?"

"물론이죠! 히나는 최대한 최선을 다하겠어요!"

작게 볼록 솟아오르는 위팔.

정말 이 가는 팔의 어디에서 그런 근력이 나오는 걸까.

역시 인류와 마족은 신체 능력이 근본부터 다르다.

"다른 이야기인데…… 찾아왔을 때도 생각했지만, 왕도는 역시 경기가 좋군요. 활기가 넘쳐흐르고 있어요."

"앞으로 더 많은 웃음이 넘치게 될 거야. 우리가 전쟁을 막을 거니까."

"그건…… 그렇네요!"

히나의 꿈을 알고 있는 내가 그렇게 말하자 그녀는 웃는 얼굴로 고개를 끄덕였다.

일을 마친 후인데도 마족이라서 그런 건지 아직 기운이 남아도는 것 같다. 역시 향후 감시가 풀렸을 때 혼자서 돌아다녀도 괜찮도록 길을 익혀두는 편이 좋겠다. 처음 만났을 때처럼 미아가 되지 않도록 말이다.

"……죄송해요, 진 님. 귀중한 시간을 써주셔서."

"무얼, 히나는 아직 여기에 온 지 얼마 안 됐잖아. 오히려 내가 방해한 거 아닐지 모르겠네."

"물론 아니죠. 저는 진 님과 이야기하고 싶어요."

히나가 보여준 표정은 내가 히나에게 품은 인상과는 다른 느낌이었다. 나는 그녀가 천진난만해서 오늘의 감상 같은 걸 대화하기를 바라는 줄 알았는데, 아닌 듯했다.

하긴, 그녀에 대해서 안다고 하기에는 아직 만난 지 그리 오래되지 않았다.

평소의 언행을 통해 내가 멋대로 편견을 만들었을 뿐이다. 반성하자.

애초에 그녀가 돌아가는 길에 시간을 내달라고 해서 굳이 길을 돌아가는 중이다.

"진 님과 이야기함으로써 비로소 깨닫는 것들도 있거든요."

히나는 걱정스러운 표정 그대로 이야기를 계속했다.

불안한 모습이 아무것도 없는 손에 나타났다. 안절부절못하며 손끝을 맞댔다가 떨어뜨렸다가를 반복했다.

"사실, 오늘 작업 중에 실수로 한 번 넘어졌었어요. 그때 바닥에 쓸려서 상처가 났죠."

히나가 작업복의 소매를 걷으니 하얗고 부드러운 피부에 상처가 보였다. 하지만 이미 다친 지 한참이나 지난 듯 딱지가 앉아있었다.

"그때 다들 당황해서 약을 발라주셨는데…… 상처에 균이 들어가 곪으면 큰일이 난다고 하시더라고요. 하지만 마족에게 이런 상처쯤은 금방 나아 없어지는 수준이에요."

"……히나는 기쁘지 않았어?"

"설마요! 정말 기뻤어요. 하지만 문득 그런 생각이 들더라고요. 히나는 그분들에게 호의를 받을 자격이 없지 않을까 하는 생각이요."

"당연히 있지."

내가 즉답하자 히나가 놀라서 고개를 들었다.

그녀는 이걸로 진지하게 고민하고 있었던 모양이다. 아마도 계속 불안했겠지.

물론 나도 단순히 위로하려고 없는 말을 한 건 아니다.

나는 히나의 자학적인 생각을 고쳐주기로 했다.

"물론 히나가 저질렀던 일을 없었던 걸로 할 수는 없어. 이미 엎질러진 물이니까."

"네, 잘 알고 있어요."

"하지만 동시에 현재를 바꾸려고도 하고 있지. 그것도 결코 무시해서는 안 되는 사실이야. 히나 스스로가 그걸 높이 평가해야 해.”

“……후훗, 감사해요, 진 님. 아무래도 히나는 조금 침울해 있었던 모양이에요.”

히나는 ‘인류와 마족의 공존’을 목표로 삼은 후에야 자신의 과거와 마주했다.

그저 기억하는 것과 실상을 마주하는 것은 마음에 와닿는 무게가 다를 수밖에 없다.

나도 용사 파티로서 각지를 돌아다녔지만, 소문으로 소식을 들을 때와 현장에서 피해를 직접 보았을 때의 충격은 전혀 달랐다.

당시의 나는 내가 이런 참상을 막아야 한다고 한층 더 마음을 굳게 다졌었다. 아마 히나도 비슷하지 않을까.

“……내일부터 다시 열심히 할 테니――.”

“히나. 길거리 음식 탐방을 하자!”

“어…… 네? 길거리 음식 탐방이요?”

“그래. 여기는 맛있는 게 정말 많거든.”

“그건 좀 흥미가 끌리긴 하지만, 저녁 식사 전인데 그래도 괜찮을까요?”

“약간은 괜찮겠지. 내가 데리고 다녔다고 할게. 자, 히나는 뭐가 먹고 싶어?”

“그렇다면 저는…… 아!”

그녀의 시선이 늘어선 노점으로 향했다.

너무 활기찬 모습이라 잊고 있었는데, 히나는 오늘 종일 노동하고 돌아왔다. 즉 배가 한창 고플 무렵이다. 그럴 때 사방에서 맛있는 냄새가 풍기면 그야 관심이 쏠릴 수밖에.

식욕에 정신이 팔렸는지 불안은 머리에서 사라진 듯했다. 완전히 의식이 쏠렸다. 히나의 눈이 그렇게 이야기하고 있다.

맛있는 음식은 어떤 약보다도 활기를 주는 법.

"으으…… 정말 맛있어 보여요……."

"이거 먹을래?"

"그, 그럴 수는 없어요! 저는 평소에 더 우아하고 정숙한 음식을 먹는다고요!"

"하핫, 가끔은 이런 날도 있는 거지."

특히 그녀의 흥미를 끄는 건 고기 꼬치인 듯했다.

향신료를 뿌리고 직화로 굽는 노점의 고기가 평소보다 더 맛있어 보였다.

상품을 사기 위해 후드를 벗고 인식 저해를 푼 나는 동전이 든 주머니를 꺼내며 말했다.

"내가 살게. 어느 걸로 먹고 싶어?"

"네?! 이유도 없이 얻어먹을 수는 없어요! 히나의 몫은 히나가 낼게요!"

"그렇게 말해도…… 히나는 왕국 화폐가 없지 않아?"

"앗……!"

"오늘은 나에게 맡겨."

"으으…… 면목 없어요."

"너무 신경 쓰지 마. 원래 남자는 여자애 앞에서는 잘 보이고 싶은 법이거든. 그냥 내게 기회를 준다고 생각해."

"그, 그런 게 없어도 진 님은 멋져요!"

"그래, 고마워."

히나의 머리를 톡톡 쓰다듬었다.

그 순간 히나의 몸이 움찔, 굳었다.

"아, 미안, 멋대로 만져서. 레키한테 하던 버릇이 무심코……."

"아니에요! 딱히 싫지는 않았고요……. 다만 지금은 땀을 흘린 후라서 조금……."

"그거야말로 괜찮아. 난 신경 안 써."

"……그런가요?"

"물론이지. 오히려 그 땀은 히나가 열심히 한 증거잖아. 자랑스러워해도 되지 않을까?"

"그, 그럼…… 한 번 더, 부탁할게요."

"그래."

머뭇거리며 다가오는 히나의 하얗고 복슬복슬한 머리.

처음에는 여자애한테 거부당한 줄 알고 남자로서 멘탈이 바스러질 뻔했으나 다행히도 오해였다.

손을 살짝 올리고 머리카락을 풀듯이 부드러운 터치를 의식하며 히나의 머리를 쓰다듬었다.

"~~~~."

그녀는 약간 긴장한 모습으로 내 손길을 받아들였다.

차차 익숙해지기 시작했는지 간지러운 듯이 웃음을 짓고 이윽고 스스로 머리를 들이밀었다.

으음~ 히나는 머리숱이 많고 약간 곱슬곱슬한 느낌이구나. 계속 만지고 있으니 묘하게 기분이 좋은…….

"커플 손님. 뜨거운 모습을 보여주는 건 아무래도 좋지만, 살지 말지 슬슬 정하지 않겠나?"

"커커커커커플?!"

"아, 죄, 죄송합니다! 고기 꼬치 하나 주세요!"

"……커플…… 커플이라니, 무슨 커플……?"

이런……! 무심코 넋을 놓고……!

연인 취급을 받은 히나는 하얀 설원에 빨간 잉크를 떨어뜨린 것처럼 얼굴이 서서히 빨갛게 물들어 갔다. 중얼중얼 알 수 없는 말까지 중얼거리고 있다.

미안한 짓을 했다고 생각하면서 돈을 주고 고기 꼬치를 받았다.

나는 중얼대느라 정신없는 히나의 손을 끌고 허둥지둥 노점에서 떨어졌다. 노점상의 '풋풋하구먼~' 하는 감상이 더없이 부끄러웠다.

괜히 시선을 끄는 것 같아서 나는 큰길에서 벗어난 공간으로 나와 벤치에 앉았다. 이제 좀 침착할 수 있을 것 같다. 심호흡하자 마음이 천천히 진정되었다.

"이, 이거 받아. 손 데지 않도록 조심해."

"감사합니다……."

나는 히나에게 고기 꼬치를 줬다.

그녀는 그걸 받으려고 손을 뻗다가 도중에 집어넣었다. 그대로 자세를 바르게 하고 허벅지 위로 주먹을 꼭 쥐었다. 마치 뭔가 결심한 것 같은 모습이었다.

"왜 그래?"

"진 님. 어제, 이야기했었죠. 히나와 교류를 돈독히 해주신다고……."

"어? 응, 그랬지. 내가 가능한 범위라면."

"물론 이상한 부탁은 안 해요! 그래서…… 지금 부탁하고 싶은 게 하나 있어요."

그렇군. 그게 받으려다가 일단 손을 뺀 이유인가.

터무니없는 부탁이 아니면 거절하지 않을 생각이다.

히나는 손가락을 꼼지락거리면서 부탁을 말했다.

"히나에게…… '아~'를 해주셔요!"

"아~?"

"마, 맞아요! 아~, 예요!"

……그게 뭐지? 마족의 문화인가?

내가 어찌해야 하나 난감해하는 중, 그녀의 시선이 고기 꼬치로 향하는 걸 보았다.

앗, 그거구나! 내가 먹여주면 되는 건가! '교류'라고 하길래 좀 더 형식적인 무언가를 가리키는 줄 알았다.

정말 교류의 시작이 이래도 되는 건지 모르겠지만, 딱히 어렵지 않은 일이다. 이미 레키를 비롯한 멤버들에게 자주 하고 있다.

난 육즙이 땅에 떨어지지 않도록 손으로 받치고 그녀의 입에 고기를 살짝 내밀었다.

"자, 히나. 아~."

"아~."

"…………."

크게 벌리지 않도록 신경 쓴 입.

얼굴에 걸린 머리카락이 더러워지지 않도록 손으로 잡고, 튼튼해 보이는 하얀 이와 작게 앞으로 튀어나온 덧니로 뜨거운 고기 꼬치를 물었다.

"음…… 으음…………."

부끄러운 듯이 입가를 손으로 가리고 우물우물 씹는 히나.

일을 막 끝내 땀을 흘렸고, 금방 조리한 요리를 먹고 볼이 상기되어서 요염했다.

히나는 씹는 모습을 다른 사람이 빤히 쳐다보는 게 부끄러운지 몸의 반쪽만 옮겼다.

난 그녀가 다 먹을 때까지 기다린 후에 물었다.

"맛있어?"

"……네, 아주."

"그거 다행이네. 한 입 더 먹을래?"

"아뇨, 이번엔 히나가 진 님에게."

"그래? 그러면…… 아~"

"아, 네, 드세요……!"

아직 세 조각 남은 고기 꼬치에서 한 조각을 물었다.

음, 고기가 두툼해서 씹는 맛이 있고 육즙이 많으며 향신료가 식욕을 돋운다. 제법 맛있는데?

"드, 드디어 간접키스를……!"

"응? 더 달라고? 자, 이번에는 내가 해줄게."

"감사해요!"

그렇게 좋아하다니, 몹시 배가 고픈 모양이다.

히나는 활짝 웃으며 내가 건넨 고기 꼬치를 아~ 하고 먹었다.

맛을 음미하듯이 씹는 히나의 모습을 보니 나도 절로 기분이 좋아진다.

좋아, 제법 기운이 난 것 같네. 침울하면 사고방식도 침울해지기 마련이다.

안심한 나는 마지막 한 조각을 내 입에 넣었다.

그 순간, 히나가 이 세상에 절망한 듯한 얼굴로 날 바라보았다.

어?! 아까의 분위기는 어디로 갔어?!

"우으…… 마지막도 히나가 아~ 해드리고 싶었는데……."

"앗, 미안! 히나가 너무 맛있게 먹길래 무심코……."

"정말…… 아. 진 님, 움직이지 마세요."

히나는 품에서 손수건을 꺼내서 내 입가에 대고 피부가 상하지 않도록 좌우로 살살 움직였다.

"소스가 묻어있었어요. 자, 이제 깨끗해요."

"고마워, 히나."

"아니에요, 신경 쓰지 마세요."

히나는 더러워진 부분이 안쪽으로 가게 해서 깔끔하게 접어 아주 소중한 것을 집어넣듯이 주머니에 넣었다.

"자, 다음엔 뭘 먹을까요? 이번엔 진 님이 먹고 싶은 걸 사러 가요."

"오, 의욕적이네! 그러면, 길게 자른 감자를 튀긴 요리가 있어. 걸으면서 먹을 수도 있고. 어때?"

"정말 맛있을 것 같아요! 어서 가요!"

"그래."

"아참."

내가 일어나려고 하는데 히나가 내 손을 붙잡았다.

그 얼굴은 해 질 녘에도 눈에 띌 정도로 빨갛게 물들어 있었다.

"이, 이대로……! 이러고 돌아다니면…… 안 될까요?"

"어…… 좋아, 그러자."

"네, 넵!"

히나는 명랑함 반, 부끄러움 반 섞인 목소리로 대답했다. 이윽고 히나가 내 손을 붙잡는 감촉이 느껴졌다.

순간 여러 생각이 들었지만, 결국 히나의 손을 맞잡았다.

우린 그대로 손을 잡은 채로 즐거운 길거리 음식 탐방을 즐겼다.

결국 왕성에 돌아가서 세 사람에게 한 소리 듣고 데이트 약속을 하게 되었다.

◇◇◇◇◇

"목욕하고 나서 마시는 우유는 정말 특별하네요!"

"후훗, 그렇지? 특히 우유는 성장에 좋다. ……우리에게 가장 필요한 것이지."

"그, 그런 효과가! 하나 더 마시겠어요!"

"그 전에 둘 다 옷을 입어."

왕성으로 돌아오면 감시역 조합이 다시 바뀐다.

우리는 히나와 함께 목욕을 마치고 탈의실에 모여 있었다.

이번엔 이전처럼 히나의 마력이 폭주하지도 않아 무사히 목욕을 마칠 수 있었다.

이번에는 같이 목욕하자는 요구를 거부하지 않았다. 단둘이면 어쨌든, 지금은 감시역 페어인 류시카가 있으므로 걱정할 일이 없다고 생각했기 때문이다.

히나와 류시카는 타월 한 장 차림으로 병에 든 우유를 들이켜고 있었다.

"아직이다. 갈아입기 전에 해야 할 일이 있어."

"그 차림으로?"

"그래! 바로 오일 마사지다!"

""오일 마사지?""

낯선 단어에 나와 히나가 고개를 갸웃했다.

“예로부터 전해지는 요법이다. 피로 해소에 좋다고 하더군. 노동에 힘쓰는 히나 양에게 좋지 않겠나?”

“어머나! 히나를 위해서……! 고마워요~!”

확실히 히나는 익숙하지 않은 환경 속에서 매일 중노동에 힘쓰고 있다.

아무리 인간보다 튼튼해도 피로가 없지는 않을 것이다.

“근데, 그건 어떻게 하는 건데? 할 줄 알아?”

“물론이다. 그걸 위해 문헌을 닥치는 대로 조사했지. 날 누구라 생각하는 건가?”

“현자…… 음. 그러면 믿어봐도 되려나.”

“그렇지?”

자신만만한 류시카. 지혜를 관장하는 현자보다 지식량이 뛰어난 자는 없다.

“알았으면 어서 거기에 누워라.”

“어? 나? 히나를 위한 거 아니었어?”

“지식은 있지만 경험이 없다. 그렇다고 다짜고짜 실천할 수도 없는 노릇. 그러니 연습 상대가 필요하다.”

즉 실험대인 거군. 히나를 위해서라면 기꺼이 하지.

뭐, 류시카는 상식적인 사람이니 괜찮을 거다.

나는 류시카가 깔아준 배스 타월 위에 엎드렸다. 옷을 벗고 중요한 곳만 가린 상태로…….

"오오…… 오오오……."

"……히나?"

"죄, 죄송해요, 진 님! 남성의 나체는 익숙하지 않아서! 그만!!"

'그만' 부분에 유난히 힘이 들어간 게 신경 쓰이는데…… 눈에 핏발이 섰잖아, 히나.

마치 사춘기 남자 같다.

그 모습을 본 류시카가 말했다.

"흠, 괜찮으면 히나도 같이 배워보겠나?"

"괘, 괜찮나요?"

"물론. 다만 마사지도 힘을 쓰긴 하니 피곤하면 사양해도 좋다."

"하, 할게요! 가르쳐주셔요!"

그러니까 대답에 힘이 너무 들어갔어, 히나.

그렇게 어깨에 힘이 너무 들어가면 마사지가 무서우니까 힘 빼.

"좋은 대답이군. 그럼, 진. 오일을 바르겠다. 미리 준비했으니 차갑지는 않을 거다."

"히, 힘을 빼세요, 진 님……!"

"그래, 히나야말로 힘 빼."

"네!!"

힘이 들어갔어, 힘이 들어갔다고.

오히려 기합이 들어간 거 같지만, 더 언급해 봐야 더 의식할 거 같으니 그냥 놔두기로 했다.

히나는 착실하고 착한 아이라 긴장할 테니까 말이지.

그런 생각을 하고 있으니 등에 따뜻한 액체가 발리는 느낌이 들었다.

미끈미끈하다기보다는 매끈매끈한 느낌.

허리부터 등, 어깨로 뻗어나가 구석구석 오일을 발랐다.

“이걸로 준비는 끝났어. 히나 양에게는 반대쪽 마사지를 부탁하지. 날 따라 하면 된다.”

“이게 진 님의 몸…….”

“히나 양?”

“예, 예혯! 아, 알겠어요! 반대쪽이죠!”

“그래, 잘 부탁할게.”

그렇게 말하자 류시카의 손이 등의 뭉친 부분을 꾹꾹 지압해 나갔다.

“이게 오일 마사지…….”

“오일을 바르면 혈액 순환을 돕는다고 하더군. 우린 몸으로 뛰는 일을 하니까, 피로 관리도 중요하다.”

“호오…… 확실히 기분 좋은데…….”

“후훗. 어때, 진? 힘은 적당한가?”

“음, 나는 조금 더 강해도 될 거 같아.”

“그렇다면.”

“영차…… 영차…….”

“으아~~ 좋다아~~.”

아까보다 더 몸속 깊숙한 곳이 자극되는 느낌이 들었다.

굳어있던 근육에 두 사람의 손길이 파고드는 게 느껴졌다.

"진 님…… 대단히 단단해요."

"확실히 다소 굳어있군. 레키와의 특훈으로 낙법을 자주 취하니, 근육의 피로도가 높은 걸지도 몰라. 아아…… 정말 딱딱해……."

"……둘 다, 마사지는 고마운데, 굳이 귓가에 속삭일 필요는 없지 않아……?"

"죄, 죄송해요! 이러고 있으면 아무래도 자세가……!"

"열심히 하는 증거잖아. 이 정도는 감수해."

"히나는 그렇다 쳐도 류시카는 일부러 그러는 거지……?"

내 물음에 류시카는 미소만 지을 뿐이었다.

그래 뭐, 애초에 나는 연습 상대일 뿐. 류시카는 히나를 위해 진지하게 연습하고 있을…… 터.

시원한 건 사실이고. 등이 끝나면 그만 일어나자.

히나가 힘을 주면서 흘리는 숨소리 속에서 조용하게 진행되는 오일 마사지.

……역시 류시카와 있으면 평화롭구나.

착실한 어른이 한 명 있는 것만으로 이렇게나 행복한 시간이 되다니…….

"그럼 히나. 다음엔 힘을 줘서 어깨를 풀자. 먼저 시범을 보여주지. 물러나서 봐라."

"알겠어요."

후우우…… 하고 숨을 내쉬며 손을 흔들흔들 터는 히나.

그녀도 일하고 온 처지인데, 괜히 더 고생시키고 말았다. 나는 충분하니 슬슬 히나를 풀어주는 게 좋지 않을까?

"류시카. 슬슬 히나를 풀어주는 게 어때?"

"아니에요, 진 님! 히나는 지금을 즐기고 있어요!"

"그, 그래? 그렇다면야……."

"네!"

어째서인지 본인에게 거절당했다.

난 엉거주춤 들어 올린 허리를 다시 내리고 류시카의 시술을 계속 받았다.

"어깨는 체중을 실어서 해야 해. 이렇게 우선 등에 앉아서——."

"잠깐, 류시카."

"왜 그러지?"

"그 차림으로 내 등에 앉으려고?"

마사지에 정신이 팔려서 하마터면 넘어갈 뻔했다.

간발의 차이였다.

류시카와 히나는 지금 배스 타월만 두르고 있다. 즉, 속옷이 없다.

근데 저런 꼴로 등 위에 앉으면 어찌 되겠는가. 그…… 류시카의 ……가 직접 닿잖아!

"뭐가 문제지? 난 모르겠는데?"

"모르기는! 다 아는 표정이잖아! 지혜를 관장하는 '현자'가 거짓말하지 마!"

"정말 무슨 말인지 모르겠군. 현자의 특기는 '지혜'이지 '전희'가 아니야."

"'전희'가 나온 시점에서 다 알고 있는 거잖아!"

"이거야 원, 진은 제멋대로군."

"……?"

히죽히죽 웃으며 놀리기를 즐거워하는 류시카. 하지만 히나는 아직도 흐름을 읽지 못했는지 어리둥절한 표정이었다.

역시 저 순수함을 지키기 위해서라도 다른 멤버들과 떼어놓는 게 좋지 않을까?

"어쩔 수 없군. 어깨 마사지는 다음에 하지."

"다음에도 필요 없을 거 같은데."

"마사지를 계속하지. 돌아누워라."

"위를 보고 누우란 거지?"

류시카가 말한 대로 돌아서 천장을 올려다보는 자세로.

"이번에는 복근과 흉근, 그리고 림프를 마사지할 거다."

"림프라니?"

"그래, 림프. 혹시 모르나?"

류시카가 양손을 내 허벅지 안쪽으로 넣었다. 아슬아슬하게 그곳에 닿지 않는 위치였다.

"류, 류시카?!"

"책에 의하면 림프가 여기에 쌓이는 건 좋지 않대. 그러니 이건 어엿한 시술이고 다른 뜻은 없어, 진."

"손놀림은 다른 뜻밖에 없는 것처럼 느껴지는데?!"

"림프를 흐르게 하는 거야, 림프를."

손끝으로 꼼지락꼼지락 서혜부만 자극하는 건 아무래도 마사지라도 이상하다고 생각한다.

히나가 보니까 그만해!

난 일어나서 류시카의 마사지를 중단시키려 했지……만, 그 시도는 옆에서 뻗어온 가는 팔에 의해 저지되었다.

"히, 히나?!"

"이, 이건 진 님을 위한 마사지니까요! 받아두는 편이 좋지 않을까 싶어요!"

큭……! 그녀의 눈이 빙빙 돌고 있다!

아무래도 자극이 강한 장면을 보고 혼란에 빠진 것 같은데, 지난번에 대욕장에서 내성을 길렀는지 아슬아슬하게 본능만으로 의식을 유지하는 성가신 상태였다.

왜 본능만으로 움직이는지 아는 거냐고?

내 손목을 붙잡은 힘이 무지막지하게 세니까……!

"히나. 잘 봐둬라. 다음에는 히나가 림프 마사지를 할 거니까."

"네! 류시카 스승님!"

두 번째 스승이 생겼어!

아니, 이럴 때가 아니다. 어떻게든 이 상황에서 벗어나야 해……!

오일로 미끈미끈한 손이 적당한 쾌감과 여운을 주는 탓에 이성으로 억누르고 있는 내 아들이 힘을 내려고 한다……!

이대로 가면 난 앞으로 둘에게 마사지로 흥분하는 변태라고 놀림 받게 될 거야……!

“그러면 이번에는 흉근을 마사지할까.”

“이런……!”

고간에 정신이 팔려서 류시카가 배 위에 올라타는 걸 막지 못했다.

마운트 포지션을 잡힌 나는 그저 지켜볼 수밖에 없었고…….

“……읏.”

탈의장에 울리는 류시카의 요염한 목소리.

복부에 느껴지는 말랑말랑하고 부드러운 감촉.

류시카의 엉덩이가 천 한 장도 거치지 않고 내 피부에 닿았다.

그 사실이 더 큰 흥분을 불러일으켜 내 분신의 기상을 막기 어려워졌다.

“좋아. 바싹 밀착해서…… 여길 자극적으로 마사지를……! 어?!”

류시카가 놀라서는 내 가슴에 얼굴을 기댔다. 안타깝게도 내 분신은 그녀의 엉덩이와 멀지 않은 위치에 있다.

“자, 잠깐만, 진……. 이건 혹시…… 나로 바, 바, 발…….”

“……죽여줘……!”

아악! 차라리 어디서 뛰어내리게 해줘!!!

그러나 내가 수치심으로 얼굴을 빨갛게 물들이며 절망하는 모습조차, 류시카에겐 흥분 소재인 듯했다. 현자다운 지성은 어디로 갔는지, 콧김을 거칠게 내뿜고 있었다.

"어, 어쩔 수 없지! 평범한 생리 현상이니까! 일이 이렇게 됐으니, 흥분시킨 내, 내가 가라앉혀야겠지! 크흠! 안심해라, 진. 나도 처음이지만 끝까지 책임지고 해주마……!"

류시카가 쉴 틈 없이 말을 쏟아냈다. 덕분에 나는 살짝 식겁하면서 약간 냉정을 되찾았지만, 류시카는 흥분한 탓인지 이미 히나의 존재를 잊은 것 같았다.

그나마 다행인 건 히나의 자리에서는 류시카 때문에 나의 더러운 욕망이 보이지 않는다. 얼굴이 더 새빨갛게 물든 걸 보면 이미 한계인 것 같긴 했지만.

아, 아무튼, 이대로 흘러갈 수는 없다!

하지만 류시카가 마운트 포지션을 잡고 있어서 잘 빠져나갈 수 없었다. 오일 때문에 힘도 주기 어렵다.

이제 다 틀렸나 싶어서 눈을 감았다.

그때 문이 드르륵 하고 열렸다.

"제 음란 레이더가 이곳에서 반응했어요! 새치기는 용서 못 해요, 류시카 씨!"

"오오, 유우리!"

정체불명의 레이더에 대해서는 언급할 수 없지만, 어쨌든 구세주가 나타났다.

유우리는 이렇게 선수 치는 것에 민감하다.

평소처럼 류시카와 싸워줄 것이다……!

"후후훗……. 제 코는 속일 수 없다고요, 류시카 씨! 안심하세요, 진 씨! 지금 '성녀'인 제가 도움을…… 도움, 을……."

유우리의 시선이 내 고간 부분을 만지작거리고 있는 류시카의 손에 쏠렸다.

이윽고 그녀의 진지한 표정은 흐트러져 얼굴이 완전히 헤벌쭉해졌다.

"도와주러 왔어요, 류시카 씨! 마사지라면 일손이 필요하죠!"

"이 '변녀'……!"

틀렸다. 유우리는 역시 한없이 자신의 욕망에 솔직했다.

하지만 그녀가 여기에 있음으로써 나에게도 광명이 비쳤다.

오늘의 감시역은 나와 류시카. 유우리는 밖을 돌아다니는 날이다. 그런 유우리가 왕성에 돌아왔다는 건 즉…….

이렇게 되면 어쩔 수 없다. 별로 쓰고 싶지 않았지만…… 이제는 큰 피해가 나더라도 감수할 수밖에……!

이대로 세 명이 마음대로 하게 두는 게 더 위험하다!

난 스으으으읍 하고 숨을 크게 들이쉬고 그녀의 이름을 외쳤다.

"레키이이이이이!"

"'엑스칼리버'……!"

쾅!

""꺄아아아아악!""

믿음직한 나의 소꿉친구가 탈의장에 달려옴과 동시에 '엑스칼리버'를 휘둘러 변태 두 명을 대욕장 문 너머로 날려버렸다.

참고로 히나는 무사했다. 레키의 직감 용의선상에서 벗어난 모양이다.

“히나, 저 둘을 참고하면 안 돼. 연애라면 나한테 맡겨줘.”

“아, 알겠어요, 스승님……!”

“응, 좋아.”

혼란 상태가 풀린 히나의 머리를 쓰다듬는 레키.

어쨌든 용사의 일격으로 난 마수로부터 평온을 되찾았다.

♡♡♡♡♡

현장에 업무에 익숙해지기 시작한 요즘.

멜트 님은 정말 다른 사람을 잘 돌봐줘요. 히나와 키도 별 차이 없는데, 모두의 언니로 인정받는 대단한 분이에요.

히나의 노력을 자주 칭찬하고 사이좋게 지내주고 있어요. 그게 기쁘기도 하고 괴롭기도 해요.

여자끼리 같이 점심을 먹고 걸즈 토크를 할 때도 있었어요. 하지만 멜트 님에 대해 알 때마다 가슴이 답답해지는 건 어쩔 수 없어요.

당시의 히나는 이런 멋진 분들의 미래를 빼앗으려고 했어요.

“오늘도 정말 맛있어요~!”

“그렇지? 난 평소에도 만드니까. 특히 닭튀김은 자신 있어.”

오늘도 멜트 님이 만들어 준 도시락을 먹었어요.

그녀의 요리는 무얼 먹어도 맛있어요. 아무래도 처음에는 미안해서 사양했지만, 사양하지 말라고 해서 이렇게 됐어요.

"역시 대단해요~! 존경스러워요!"

"헤헷! 히나도 연습해! 요리는 중요한 매력이야."

"아, 알고 있어요! 히나도 열심히 하겠어요……!"

"그래. 그래야 사랑하는 남자에게 잘 보이지."

"노, 놀리지 마셔요~!"

걸즈 토크라 하면 연애 이야기.

참고로 히나의 호의는 첫날에 들켰어요. 보기에 너무 뻔하대요.

진 님이 데리러 오기 전에 땀과 머리를 필사적으로 체크하고, 진 님의 모습을 발견하면 함박웃음을 짓는데 어떻게 모르냐고요.

그립기도 하고 부끄럽기도 한 추억이네요…….

"그런데, 멜트 님은 왜 요리를 연습하셨나요? 혹시 멜트 님도 연모하는 분이 있나요?"

"아쉽지만 나는 그런 이유가 아니야. 우리 집은 어머니가 없으니까, 어릴 때부터 내가 할 수밖에 없었거든. 그리고…… 어, 음……."

어째 말을 고르시는 멜트 님.

미간을 찌푸리기를 1분.

남들에게 들리지 않도록 히나의 어깨를 안고 귓가에 속삭이셨어요.

"이건 비밀이야. 어디 가서 말하지 마. 부끄러우니까."

"물론이에요. 히나, 무덤까지 가져갈게요."

"그렇다면 알려줄게. 그리 대단한 건 아니지만……."
크흠! 하고 헛기침하는 멜트 님.
얼굴이 평소보다 붉었는데, 아무래도 부끄러워서 시간이 좀 걸리는 모양이었어요.
"……나에게는 말이야, 꿈이 있거든?"
"꿈이요?"
"그래. 남편을 옆에서 보필하는 아내가 되는 것. 그게 내 꿈이야."
그녀는 부끄러워하면서도 이야기를 계속했어요.
"내가 생각하는 멋진 아내란, 보호받기만 하는 게 아니라 남편을 지킬 수 있는 여자야. 그래서 요리도 잘 하고 싶고, 집안일도 완벽하게 할 수 있게 되고 싶어. 으으으! 말하려니까 부끄럽네!"
"그렇지 않아요! 정말 멋진 꿈이에요!"
"히나……! 알아줘서 고마워!"
멜트 님이 히나의 등을 팍팍 치면서 말했어요. 흥분하면 곧잘 이러시는데, 저는 아프지 않아요. 아무래도 인간이 아니면 아픔을 느낄 수 없는 힘 조절인 거겠죠.
"그러니까 히나! 서로 멋진 어른이 될 수 있도록 힘내자!"
"네! 히나는 진 님을 위해! 멜트 님은 장래의 남편을 위해 힘내요!"
그렇게 말하고 서로 주먹을 톡 부딪쳤어요.
……만약, 만약에 그날 히나가 결혼식을 망치지 않았다면, 멜

트 님은 여기서 일하지 않고 멋진 남편을 찾았을지도 몰라요.

그녀는 정말 멋진 사람이에요.

하지만 하루 종일 현장에 있으면 아무래도 짝을 만날 기회가 줄어들겠죠.

히나가 저지른 죄는 돌고 돌아 사람들의 인생에 악영향을 끼치고 있어요.

"히나~. 얼굴을 보니 또 고민하고 있구나~. 뭐가 문제야? 멜트 언니한테 얘기해 봐~!"

"보, 보를 자바당기지 마셔여~."

히나의 연심을 캐물어서 알아냈을 때와 마찬가지로 볼을 쭉쭉 잡아당기는 멜트 님.

그래도 연애 이야기와는 달리 이건 이야기할 수 없어요.

언젠가는 반드시 히나의 입으로 진실을 밝힐 거예요.

지금만은 거짓말을 하는 걸 용서해 주세요, 멜트 님…….

"어차피 진 씨한테 어떻게 어필할지 고민하고 있었지~? 진 씨는 타고 난 마성의 남자니까~. 잘생겼고."

"호, 혹시 멜트 님도……?"

"아, 내 취향은 더 불끈불끈하고 덩치 큰 사람이야!"

"그렇군요. 안심했어요."

"그러니까 걱정하지 말고 진 씨한테 사랑을 쏟아부어."

"네…… 히나의 사랑을, 성실하게, 진 님에게!"

"행복한 결혼 생활을 위하여!"

"오오~!"

멜트 님과 함께 주먹을 드는 히나.

마족과 인류의 공존 너머에 있을 진 님과의 결혼 생활을 상상하면 히나는 오늘도, 내일도, 그 이후도…… 얼마든지 힘낼 수 있어요.

"히나! 이게 여자의 '예의'에요!"

"패패패패패팬티?! 진 님의 팬티를 머리에…… 유우리 님은 대단해……."

"후후훗! 사랑하는 사람의 속옷을 뒤집어쓸 수 있을 정도의 사랑이 없으면 안 돼요! 자! 저와 같이! ……아."

"유우리 님? 왜 그러시나요. 그렇게 이 세상이 끝난 것 같은 표정을 짓고…… 아."

"둘 다, 무릎 꿇고 앉아."

히나를 마중나가 방에 데려다 놓고 울발트 님에게 보고하러 자리를 비운 사이.

나와 감시역을 교대한 유우리가 히나에게 찾아갔다.

그러나 울발트 님에게 급한 일이 생겨서 생각보다 빨리 돌아왔고, 직후 내 팬티를 손에 들고 얼굴이 빨개진 히나와 내 팬티를 머리에 뒤집어쓴 유우리와 마주쳤다.

"아, 아니에요, 진 씨! 이건…… 그…… 에헤헷."

얼버무리는 웃음이 아주 귀엽다. 하지만 남자 놈의 팬티를 뒤집어쓴 꼴로 웃어도 말이지? 심지어 주머니에서도 튀어나와 있다.

"유우리, 대체 어디서 가져온 거야?"

"그…… 방에서 빌려왔는데요……."

"왜?"

"열심히 하는 히나에게 상을 주고 싶어서요……."

"이런 걸 상이라고 주는 게 말이 돼?! 히나도 이상하지?!"

"…………네, 그런 것 같아요."

"왜 내 시선을 피하는 거야?"

"휘~ 휘익~."

입을 쭉 내밀고 엄청 서투른 휘파람을 불고 있는데, 그냥 넘어갈 생각은 없다.

설마 히나마저 내 팬티 따위에 흥미를 품을 줄이야. 그다지 알고 싶지 않았다.

이 세상에는 덮어두는 편이 좋은 것도 있다. 나는 팬티 호오 문제를 더 파고들지 않기로 했다.

유우리는 이런 중에도 흥분하는지 콧김이 거칠어지고 있었다. 이것도 그냥 모른척하기로 했다.

"하아……. 유우리, 일단 숨겨놓은 내 팬티를 돌려줄래?"

"……네에."

유우리는 마지못해 주머니에서 팬티를 꺼내 나에게 건넸다.
"음…… 그리고 이것도……."
주머니로도 모자라서 가슴 틈에서도 나오고 있었다. 깊이도 숨겨놨는지 손가락을 꼼지락대며 여기저기를 쑤셨다.
"앙…… 조금만 더 가면…… 닿을 것 같아…… 으응, 앗……."
"우와아아……."
"유우리, 히나 앞에서 이상한 소리 내지 마!"
"아, 찾았어요."
유우리는 쑥 빠져나온 팬티를 내 손바닥 위에 얹었다.
"제 체온이 깃들어서 따끈따끈해요. 괜찮으면 지금 바로 입어보실래요? 제 가슴으로 품었던 팬티가 진 씨를 감싸는 모습…… 사실상 파이――."
"그 이상은 신이 용서해도 내가 용서하지 않아!"
"읍?!"
손바닥으로 유우리의 입을 틀어막은 나는 그대로 그녀의 얼굴에서 팬티를 벗겨냈다.
변태 팬티 가면은 사라지고 예쁜 유우리의 얼굴이 나와서 대만족이다.
"아아~! 제 마지막 팬티가~! 부디 자비를!"
"안돼. ……나 참, 나쁜 짓을 했다는 자각은 있어?"
"물론이죠! 오히려 배덕감이 있어서 더 달아오르는 것 같지 않아요?"

"…………."

"우우, 사과할 테니까 차가운 눈으로 보지 마세요! 그런 시선을 받으면 더 흥분해서 정말로 갈아입을 팬티를 찾아야 한다고요!"

"진짜 약점이 없네……."

이젠 내가 어떤 대응을 해도 기뻐하는 경지가 아닐까.

유우리의 진화된 변태스러움에 하아…… 하고 한숨을 쉬었다.

"진 씨……. 죄송해요. 저의 억누를 수 없는 리비도가 그렇게까지 곤란하게 만들었을 줄은……! 그러니!"

손뼉을 팡 친 유우리는 일어서더니 자기 허리 부근에 손을 댔다.

"제가 성심성의를 다한 사죄를 보여드릴게요."

그리고 엄지를 뭔가에 거나 싶더니 몸을 앞으로 숙이면서 천을 스르륵 내렸다.

그녀의 수도복 틈에서 벗어나는 빨간 레이스 팬티.

성녀가 입기에는 너무 자극적인 팬티 아닐까?

아무렇지 않게 이딴 생각이나 하는 걸 보면 나도 너무 익숙해진 모양이다.

아마 보나마나 저걸 나한테 내밀겠지?

"여기요…… 제 팬티를 뒤집어쓰세요!"

"내가 왜?"

역시…….

물론 필요 없으므로 유우리의 손을 살짝 밀어냈다.

"난 필요 없으니까 어서 다시 입어."

"필요 없다니……! 진 씨, 저에 대한 사랑이 식은 건가요?!"

"유우리에겐 이해하기 어려울지도 모르지만, 아무리 사랑하는 사이여도 남들 앞에서 팬티를 주고받지는 않아."

"그, 그럴 수가……?! 아, 괜찮아요! 아직 안 젖었어요! 젖기 직전에 벗었으니 깨끗해요!"

"그게 문제가 아니야."

"으으……."

흑흑흑…… 하고 유우리가 눈물을 닦는 척하며 자리에 주저앉았다.

하지만 손에 팬티를 쥐고 그런 시늉을 해도 미묘할 뿐이다.

애초에 사과하는 마음을 팬티로 표현하지 않았으면 한다.

자, 이제 어떻게 이 상황을 수습할까……?!

"앗, 히나! 그 손 떼!"

별생각 없이 그녀를 보니, 우리의 변녀에게 벌써 나쁜 영향을 받았는지 부끄러움에 몸을 부들부들 떨면서 자신의 치마 속에 손을 집어넣고 있었다.

"히, 히나도…… 같은 죄를 저질렀으니……."

"아니야! 이건 잘못된 예시라고! 유우리의 행동을 따라 하지 마!"

"잘못된 예시라니, 너무해요."

"유우리 님이 하셨으니 마왕의 딸인 히나도 벗지 않으면, 인류와 마족의 공존은 열리지 않아요……!"

"팬티로 열리는 공존의 길은 없어!"

"그럼…… 갑니다……!"

"왜 이미 각오가 끝난 건데!"

이런 상황에 굳이 마왕 혈족의 면모를 보여주지 않아도 돼!

난 팬티를 벗으려고 하는 히나의 팔을 잡고 필사적으로 저지했다.

그렇게 실랑이를 벌이기를 잠시, 끼익 소리와 함께 파루루카가 들어왔다.

팬티를 벗어서 쥐고 있는 성녀와 팬티를 벗으려 하는 주인. 그리고 그녀의 팔을 붙잡고 있는 나.

엄청난 현장이다. 어쩌면 주인을 겁탈하려 했다는 오해를 사서 죽이려 할지도 모른다!

"흠, 1시간 정도 잔업하고 오겠습니다!"

——파루루카는 아주 환하게 웃는 얼굴로 응원의 제스쳐를 날리고는 나가버렸다.

"내가 생각했던 반응이랑 달라! 돌아와요, 파루루카 씨! 저기요!"

무정하게도 대답은 없었다.

방에 어색한 침묵이 깔렸다.

——침묵 속에서 조금씩 내게 다가오는 기척이 하나.

"자, 진 씨! 제 팬티를 뒤집어쓰세요!"

"그러면 히나의 팬티도!"

"자아!"

"자아! 자아!"

““자아! 자아! 자아!””

“——도와줘, 레키!”

“앗, 또 그건가요! 그건 반칙, 앗, 레키?! 잠깐만요! 허리는 그 이상 안 꺾이게 되어 있는데요오오오오!”

“유우리…… 징벌……!”

창문을 깨고 난입한 레키 덕분에 팬티를 뒤집어쓰는 치태를 면했다. 대신 내 팬티를 뒤집어썼던 변태(유우리)가 벌을 받았다.

……그러고 보니 유우리는 히나에게 스승님 인정을 받지 못했네.

히나도 변태는 차마 존경할 수 없었던 모양이다.

이후에 팬티를 세어 본 결과, 하나가 부족하다는 걸 깨닫고 수색했으나 끝끝내 찾지 못했다.

유우리의 주머니부터 가슴까지 모조리 뒤져도 나오지 않았으니, 어쩌면 바람에 실려 날아간 걸지도 모른다.

“……후후훗. 아무리 진 씨라도 브래지어 속에 숨기는 건 예상하지 못한 것 같네요. 다소 가슴이 부풀어 보여도 원래 크니까 모르는 눈치였어요. 가슴골에 페이크를 숨기는 작전도 잘 먹힌 거 같고요. 오늘 밤은 오랜만에 즐길 수 있겠어요! 이걸 입으면…… 진 씨를 감싸고 있던 팬티가 제 엉덩이를 감싸는 거예요……! 이건 사실상 섹——(자주 검열)!”

◇◇◇◇◇

처음 예상대로 고된 노동 생활이 이어졌으나, 히나는 매일 착실하게 기도하며 죄를 뉘우치고 노동에 힘쓰기를 반복했다.

이제는 다들 마음을 터놓아서 '정말 마족일까? 원래는 사람 아닐까?' 하는 생각이 들 정도로 이곳 분위기에 녹아들었다.

현장 감독인 멜트의 보고로는 아무 문제 없이, 노동에 경의를 품고 성실하게 임한다고 한다.

하루 이틀이라면 몰라도, 매일 이만큼 열심이라면 인정하지 않을 수 없다.

울발트 님도 상황을 긍정적으로 보고 계셨다.

파루루카는 스스로 잔업을 자원하는 지경이다.

스스로 잘 조절하는 것 같아서 마음대로 하게 두었는데, 열의가 열의인 만큼 착실하게 인정받고 있다.

특히 히나의 경우는 복구 작업에만 열의를 불태우는 게 아니었다.

"진 님, 왜 손을 잡아주지 않으시나요?"

이전에 손을 잡고 길거리 음식 탐방을 한 뒤로는 돌아가는 길에는 손을 잡는 게 약속이 되었다.

이제는 모른척하면 섭섭한 듯이 이런 불만이 날아온다.

현장을 떠나서 그대로 왕성으로 돌아가려는 척하자 내 소매를 꾹꾹 잡아당기는 히나.

그녀는 그대로 내 대답을 기다리지 않고 손을 움켜쥐었다.

"만약 싫으면…… 뿌리쳐 주셔요."

물론 싫지 않다.

요 얼마간 히나와 지내면서, 나도 히나에 대한 인식이 차츰 바뀌고 있다.

처음에는 히나가 아직 어린 탓에 나를 따르는 건 줄 알았는데, 이제는 아니라는 걸 안다. 이제는 나도 이에 대한 대답을 준비해야 할 것 같다.

내가 여느 때처럼 손을 잡자 히나는 어김없이 현장에서 어떤 일이 있었는지 이야기했다.

"오늘은 멜트 님이 직접 만든 주먹밥을 다 같이 먹었어요. 너무 맛있어서 다들 다투느라 정신이 없었어요."

"현장의 멜트는 인기인이지."

"네! 멜트 님은 착하고 책임감도 강해요. 히나가 목표로 삼고 싶은 인물상이에요. 리더의 귀감이에요. 그렇기에 히나는 멜트 님의 힘이 될 수 있도록 열심히 하고 싶어요."

분명 현장에 있는 모두가 같은 마음으로 분발하고 있다. 그리고 그 분발 속에서 상호존중이 피어난다.

울발트 님은 히나에게 그걸 보여주고 싶었던 게 아닐까.

'마족과 인류의 공존'을 이루려면 우선 히나가 새로운 마왕이 되어야 한다. 이러한 경험들은 그녀가 마족을 통치하는 데 도움을 줄 것이다.

"히나, 열심히 하는 것도 중요하지만, 잘 쉬는 것도 그만큼 중요해. 너무 지쳤다 싶을 때는 꼭 말해."

내가 히나와 같이 있는 시간을 만드는 것도 리프레시의 일종이다. 그녀가 이루고자 하는 목표는 상당한 노력이 필요하지만, 그 노력의 무게에 짓눌리면 본말전도다.

"안심하세요. 적당히 쉬고 있거든요."

"그래? 그럼 다행인데……."

"예, 그럼요. 특히 용사 일행 세 분과 지내는 시간은 매번 새롭고 자극적이고 흥미롭거든요."

"그건 잊어버리자!"

"잊으려 해도 잊을 수 없어요~."

히나가 당황한 날 보고 히죽히죽 웃으면서 말했다.

아, 안 돼! 이미 세 사람의 영향이 나오고 있어……!

다른 사람의 말을 듣지 않던 히나가 이렇게 변했다고 생각하면 약간 감회가 새롭다. 하지만 변한 모습에서 그 셋의 그림자가 느껴진다고 생각하면, 끄응…….

"진 님. 오늘도 고마워요."

방에 도착하자 인사하는 히나.

평소에는 이대로 해산 후, 방 앞에서 감시하는 흐름인데…….

지금 히나는 혼자다. 파루루카가 히나보다 먼저 일을 끝낸 적이 한 번도 없으므로, 그녀가 돌아올 때까지는 대체로 혼자 지낸다.

그러나 히나는 아마 혼자 지내기보다 누군가와 지내는 걸 선호하는 성격. 나와 손잡는 걸 즐기고, 떨어지길 아쉬워하는 걸 보면 거의 확실하다.

내가 그녀를 혼자 돌려보내기를 망설이고 있으니――.

"――저, 저기!"

목소리 조절을 잘못한 걸까, 아니면 쥐어짠 탓일까. 복도에 울릴 정도의 목소리로 히나가 나를 붙잡았다.

"히나의 방에 놀러 오시지 않을래요?"

"네 방에?"

"네, 네……. 파루루카가 돌아올 때까지는 아직 시간이 있고, 저도 진 님과 더 이야기하고 싶어요……."

다 알고 있었으면서 한심하기는, 내가 먼저 권해야 했는데. 역시 히나는 쓸쓸했던 모양이다.

애초에 교류를 늘리겠다고 한 건 나였는데, 지금까지 적극적으로 시간을 보낸 기억이 그다지 없다.

돌아오는 길에도 그녀가 말했듯, 그녀는 왕궁에서 대부분 그 삼인조와 함께 시간을 보내고 있다. 왕궁에 돌아오면 로테이션으로 같이 남아있는 멤버가 합류하고, 외부에서 돌아다니는 두 사람도 돌아오니 말이다.

세 사람은 얽일 때마다 요구가 어려워지는 경향이 있지만, 그래봤자 히나의 부탁이라고는 '아~ 하고 먹여주기' '돌아가는 길에 손잡기' 등 귀여운 것들뿐이다.

그 외에도 옆에 앉아서 함께 한 권의 책을 읽거나, 정원에 누워 별이 깔린 하늘을 같이 보거나…… 이러한 것들도 히나가 아주 좋아하는 책의 동경하는 상황을 참고했다고 한다.

……이것도 그녀 나름의 사양이었을지도 모르겠다.

하지만 공존을 목표로 하는 이상 우리는 전부 털어놓고 이야기할 수 있는 사이가 되어야 한다.

나는 그 첫걸음을 나부터 내딛기로 했다.

"좋아. 모처럼의 초대이니까."

그렇게 말하자 히나가 어깨를 움찔했다.

"괘, 괜찮나요?"

"나도 히나와 더 이야기하고 싶어."

"히, 히나도 진 님과 이야기하고 싶어요! 히나는 언제든지 진 님을 방에 맞이할 준비가 되어있어요!"

"그, 그렇구나. 잘됐네."

몸을 앞으로 쭉 내밀 정도로 적극적인 히나의 압력에 내심 놀라면서 그녀의 방으로 갔다.

방은 처음 그녀가 왔을 때와 그다지 크게 달라지지 않았다. 카펫이나 쿠션이 몇 개 늘었지만, 그게 전부다.

복구 작업은 비록 울발트 님의 지시로 시작했으나, 엄연히 일이라 보수가 나온다. 궁극적인 목표가 인간과 마족의 교류인 이상 당연한 대우다.

하지만 이 상황을 보면, 히나와 파루루카는 아무래도 보수를 거의 쓰지 않는 듯했다.

"자, 진 님! 여, 여기 오세요!"

"고마워."

자신과 내 몫의 쿠션을 깔아준 히나.

두 쿠션 사이에는 거리가 거의 없으므로 자연스럽게 우리의 거리도 가까웠다. 그야말로 양반다리를 하고 앉은 내 무릎과 무릎을 꿇고 앉은 히나의 허벅지가 닿을 정도였다. 굳이 언급하지는 않았지만. 말하면 괜히 나만 의식하고 있는 것 같잖아.

"죄송해요, 진 님. 드릴 게 물밖에 없어요……."

"아니야. 대접받으러 온 것도 아닌데, 뭘. 신경 쓰지 마."

"이해해 주시니 감사해요. 이렇게 시간을 함께 보낼 수 있다니…… 히나는 감격이에요."

"하핫, 호들갑스럽네."

난 히나의 과한 반응에 쓴웃음을 지으면서 내준 물을 입에 머금고 목을 축였다.

말랐던 목이 촉촉함을 되찾았을 때, 히나가 다시 입을 열었다.

"그래서 진 님…… 오늘의 부탁을 해도 될까요?"

"물론이지. 전에 말한 대로 책의 내용을 재현하면 되는 거지?"

"네! 사실은 실내에서 단둘일 때인 상황이 있어서요. 마침 잘됐어요!"

환하게 웃는 히나.

사실 그녀가 애독하는 '약하다는 말을 듣는 후위술사지만 사실은……! ~믿음직하지 않은 그 녀석이 보여주는 전장에서의 늠름한 모습~'의 1권은 나도 사서 봤기에 잘 알고 있다.

처음엔 '아~' 하면서 서로 먹여주는 것부터 시작하여 손을 잡은 채로 같이 책을 읽는 등…… 이미 여러 가지를 실천했다.

전부 유대감을 중시한 플라토닉한 전개였다.

실제로 지금까지의 요구들은 부담스럽기는커녕 풋풋해서 미소가 나올 정도였다. 정말로, 용사 삼인조의 요구에 비하면 귀엽기 짝이 없는 수준이다.

『진, 오늘 난 만반의 준비가 돼 있어. 언제든지 엄마가 될 수 있어.』

『진 씨~. 요즘 또 살이 찌기 시작했는데…… 격렬한 밤 운동을 하지 않을래요?! 해요! 지금 당장이라도!』

『실은 진이 도와줬으면 하는 게 있는데…… 나는 조금이라도 더 매력적인 사람이 되고 싶다. 그래서 가슴이 커지는 마사지를…….』

……생각만으로도 아찔하군.

왜 마족보다 욕구에 솔직한 걸까. 우리 아내들은…….

"……?"

그녀들에 비하면 히나의 요구는 참으로 귀엽다.

그리고 난 이미 히나가 가진 잠재적 욕구를 알고 있다. 히나는 무의식 간에 가족을 원하고 있다. 이런 사소한 교류를 원하는 것도 아마 아버지와 결별했기 때문이리라.

마대륙에서 도망친 그녀가 기댈 수 있는 사람은 우리밖에 없으니, 우리가 최대한 응해야 한다.

마족과 인간의 공존은 지금까지 그 누구도 생각하지 못한 영역이다.

정확히는 생각했어도 감히 시도할 수 없는 장대한 일이다.

대화조차 쉽지 않은 상대끼리 협상이 되겠는가.

하지만 히나가 있으면 이야기가 달라진다. 그녀는 인간의 마음을 이해할 수 있다.

서로가 흘릴 피를 줄일 수 있다.

"진 님? 진 님~?"

"아아, 미안. 잠깐 생각을 하고 있었어. 한 번 더 말해줄래?"

"아, 알겠어요……. 그, 오늘의 부탁에 대한 건데……."

"응."

히나는 약간 주저하고 양팔을 벌렸다.

"……?"

나는 그녀가 무엇을 요구하는 건지 이해하지 못했다.

그러자 히나는 부끄러운지 얼굴이 점점 빨개졌다.

내가 어떻게 반응해야 할지 갈피를 못 잡고 있으니 그대로 고개를 돌렸다.

"……아."

그녀가 아까 말한 게 떠올렸다.

오늘 부탁은 단둘이어야 한다고.

이 분위기. 오늘까지의 흐름. 저 포즈.

난 히나가 무엇을 원하는지 확실하게 이해했다.

그렇기에 망설였다.

그녀의 요구는 레키 일행의 '착한 아이에게는 보여줄 수 없는 행위'보다 훨씬 건전하지만, 이곳에는 보는 눈이 전혀 없다. 적당히 제지할 사람이 없다.

결국 내가 잘 조절해야 하는 것이다, 굳은 각오로

"바, 방치 플레이인가요……?"

히나가 그런 말을 하면서 내 반응을 계속 기다렸다. 저것도 그 삼인조에게 배운 말이겠지.

어쨌든 내가 각오하면 될 일.

난 무릎을 꿇고 히나에게 다가갔다.

"앗……."

그리고 그녀의 부탁대로 끌어안았다.

히나는 그게 기뻤는지, 내 등에 두른 팔에 힘을 꼬옥 줬다.

1cm, 1mm라도 나와의 거리를 좁히듯이 꼬옥.

나와 히나의 퍼스널 스페이스가 겹치면 겹칠수록 더욱 선명하게 상대의 감촉과 체온이 느껴진다.

"…………."

히나는 말이 없었지만, 심장은 힘차게 말했다.

두근두근. 평소보다 빠른 고동이 지금 그녀가 어떤 생각을 하고 있는지를.

손으로 익숙해진 히나의 체온보다 더 따듯한 열기가 느껴진다.

마음을 다스리듯 히나는 내 품에서 심호흡했지만, 그녀의 고동은 전혀 진정될 기미가 안 보였다.

히나는 내 옷을 붙잡고 잡아당겨 나를 더욱 요구했다.

"좋아해요."

침묵 속에서 히나의 사랑이 흘러넘쳤다.

♡♡♡♡♡

처음엔 진 님이 안아주는 것만으로도 행복했어요.

그러나 행복감으로 머리에 피가 오르고, 심장이 거세게 뛸수록 점차 의식이 흐려졌어요.

진 님의 냄새가 폐를 가득 채우고, 체온이 마음을 채우고, 사랑이 온몸을 순환하자, 돌고 돌아 흘러넘쳐 버렸어요.

"좋아해요."

스스로 순간 이게 무슨 소린가 이해하지 못했어요.

하지만 진 님이 부드러운 눈빛으로 히나를 바라보기에 무의식 중에 진심이 나왔다는 걸 뒤늦게 깨달았어요.

"어, 아…… 그……."

찾아온 감정은 놀람. 그리고 후회.

마음을 전한 기쁨은 없었어요.

그도 그럴 것이 히나가 파루루카와 정한 날은 아직 먼 미래고,

진 님과 이벤트는 아직 진도가 한참 남았는걸요. 아직은 먼 이야기였는데…….

"아니, 그게, 진 님. 이건, 그러니까……."

뭐가 아니라는 걸까요.

진 님을 사랑하는 마음은 진짜인데.

심장이 쿵쿵 시끄러워요.

'좋아한다'라고 말해버린 걸 뭐라고 설명해야 할지 당혹감이 몰려왔어요.

포옹할 때는 행복감으로 가득했는데, 지금은 피가 다 빠진 듯 현기증이 날 정도였어요.

소녀의 일생일대 승부를 이런 식으로 해버리다니……!

대체 어째서……!

"히나, 진정해."

"그, 그렇죠! 진정해야죠……!"

"심호흡. 자, 심호흡해."

침착한 진 님을 따라서 스읍…… 하아…… 호흡을 가듬었어요.

그러자 진 님이 다시 히나를 안아서 등을 쓰다듬으셨어요. 이러고 있으니 진 님의 향기가 느껴져 행복감이 다시 차올랐어요.

영원히 이대로 있고 싶지만, 현실을 외면할 수가 없어서 다시 거리를 벌렸어요.

"히나, 괜찮아?"

——아니요, 벌릴 생각이었는데, 대체 어떻게 된 건지 정작 몸

은 어리광을 부리듯이 기대고 있었어요.

어, 어라~?! 왜 이렇게 된 거죠~?!

이게 사랑의 마력……?!

“히나.”

“네, 네에에에…….”

기어들어가는 목소리로 겨우 대답했어요.

다시금 자신이 저지른 일에 수치심으로 죽고 싶어졌어요.

만약 구멍이 있으면 들어가서 그대로 파묻히고 싶어요……!

“좋아한다고 말해줘서 고마워.”

너무나도 부드러운 목소리에 히나는 진 님의 표정을 살폈어요.

히나가 상상하던 것과는 전혀 다른 반응이었어요. 결과적으로 히나는 호의를 전했어요. 형식이야 어쨌든, 진 님이 이 뜻을 모를 리는 없어요.

그런데 진 님은 전혀 당황한 기색이 없어요.

“미안, 히나. 지금의 히나를 그런 마음으로 볼 순 없어.”

진 님은 익숙한 쓴웃음으로 확실한 거절을 전했어요.

그 순간, 머리를 둔기로 쾅 얻어맞은 듯한 충격을 느꼈어요.

곧잘 눈물이 흐를 줄 알았는데 정작 그럴 여유도 없어요. 가슴을 후벼파는 아픔이 괴롭고 괴로워서 말조차 나오지 않아요.

마음속 어딘가에서. 정말 오만할지도 모르지만.

진 님은 착하니까 히나의 고백을 받아준다고 생각했는지도 몰라요.

하지만 현실은 아니었어요.

히나는…… 히나는 진 님의 아내로 선택받지 못했어요.

책의 히로인처럼, 진 님과 히나가 맺어져서 해피 엔딩이 되지 않았어요.

"히나가 싫은 건 아니야. 하지만 지금 히나의 마음을 받아들이는 건 무책임하다고 생각해."

그렇게 말하고 히나의 머리를 톡톡 쓰다듬었어요.

언제나처럼 부드러운 손놀림으로.

"내일도 일해야 하니까 푹 쉬어."

"아뇨…… 시간을 빼앗아서, 죄송해요……."

히나의 말을 듣고 진 님은 천천히 손을 흔들고 방에서 나갔어요.

시간이 멈춘 것처럼, 히나는 파루루카가 돌아올 때까지 울지도, 웃지도 못하고 그저 멍하니 있을 뿐이었어요.

Life 4-5

전부 드러내도

현장 근로자의 아침은 빨라요.

해도 미처 다 뜨지 않은 이른 아침, 자연스럽게 눈이 떠졌어요.

마왕성에서 지낼 때는 저녁에나 일어나는 게 일상이었는데, 이젠 이 흐름이 익숙해졌어요.

처음에는 파루루카가 깨워줬지만, 지금은 알람이 울리기 전에 침대에서 나올 수 있게 되었어요.

"……안녕하십니까, 히나 아가씨."

"안녕, 파루루카. 오늘도 왕국의 날씨는 좋네요."

"네. 아침 해가 기분 좋군요. 세포가 활성화되어 가는 게 느껴집니다."

"평화롭네요. 오늘도 일하기 좋은 날이에요."

전혀 마족답지 않은 아침 인사.

그만큼 인간 사회에 익숙해진 걸까요.

"자, 빨리 옷을 갈아입고 준비하시죠. 아침 식사를 하고 하루치 에너지를 보충해야죠."

"알았어요."

왕성에서의 생활이 길어질수록 히나도 할 수 있는 일이 점점 늘어났어요.

일찍 일어나는 것도, 줄곧 파루루카에게 맡겼던 머리 세팅도, 전부 스스로 할 수 있게 됐어요.

무엇보다 가장 중요한 건 인내를 배웠다는 점일까요.

마왕성의 풍족한 생활은 지위에서 비롯된 것, 왕국에서는 아무런 의미가 없어요.

과거처럼 마음대로 할 수 없게 된 거죠. 예를 들자면 잘 못 먹는 음식이 나와도 투정을 부린들 바뀌는 건 없어요. 언젠가는 먹을 수밖에 없는 거죠.

히나는 이런 변화를 겪으며 착실하게 인간 사회에 적응했어요.

전부 진 님에게 어울리는 여자가 되기 위해서였어요. 예, 진 님에게 어울리는 여자 말이죠…….

"……히나 아가씨. 레이디가 그런 표정을 해서는 안 됩니다. 마음은 이해합니다만…… 너무 돌이켜보지 않는 편이 좋다고 생각합니다."

"무리에요. 몇 번이나 꿈에 나온 줄 알아요……?"

파루루카에게는 전부 이야기했어요.

진 님과 밀착해서 그때까지 가슴에 담아뒀던 마음이 한때의 행복감에 밀려나듯이 툭 새어 나와버린 것.

진 님은 히나의 고백에 허둥거리는 기색은 일절 보이지 않고 거절한 것.

"그런데 어떻게 아무렇지 않겠어요……. 아무 가망이 없다는 걸 깨달았는데……. 평생의 트라우마일지도 몰라요."

"흠, 정말 가망이 없을까요? 제가 보기에 그분의 생각은 좀 다를 것 같군요."

"……정말 파루루카는 그렇게 생각해요?"

"예, 정말로."

파루루카는 준비하면서 자신의 의견을 가르쳐줬다.

"정말 아가씨에게 관심이 없다면 이렇게까지 함께 할 수는 없습니다. 아니, 만일 그렇다고 해도 이게 마지막일 수는 없는 법이죠. 어째서 인줄 아십니까?"

"어째서죠……?"

"감정의 방향이란 일률적이지 않습니다. 오히려 항상 변화하죠. 아직 기회가 있습니다!"

파루루카는 '류시카 님이 빌려주신 연애 지침서에도 그렇게 적혀있었습니다!'라며 자신만만하게 말했어요.

아무래도 그녀는 예전에 상담을 받아주지 못한 것을 아쉽게 여겨 연애를 공부한 모양이에요.

그 사실이 히나의 충격을 가볍게 해주었어요.

"……포기하기에는 아직 이를지도 모르겠네요……."

히나의 트레이드 마크인 리본으로 머리카락을 꽉 묶으면 일할 준비가 끝나요.

오늘도 드레스가 아니라 현장에서 움직이기 쉬운 작업복. 여기에 온 뒤로는 작업복을 입고 있는 시간이 길어서 이젠 오히려 드레스를 입고 있는 게 위화감이 느껴질 정도예요.

히나 뒤에서는 연미복을 입은 파루루카가 옷깃을 빳빳하게 세우고 있어요. 그녀는 왕성에서 일을 돕고 있어요. 연미복을 입은 건 아마 집사들 사이에 끼어서 일하고 있기 때문이겠죠.

서큐버스인 그녀가 남성들—— 미남들 속에 들어가도 문제를 일으키지 않는지 확인하는 절차라고 해요.

파루루카도 처음에는 어려웠지만, 최근엔 비교적 익숙해졌다고 기쁜 듯이 말했어요.

히나와 파루루카의 근무 태도가 인정을 받았는지 요즘엔 진 님 일행의 감시도 느슨해졌고요.

분명 울발트 국왕님의 판단이겠죠.

용사 일행을 감시에만 쓸 수는 없으니까요.

냉정하게 생각하면…… 아니, 냉정하게 생각하지 않아도 포로 취급도 하지 않고 이렇게 좋은 대우를 받고 있어요.

저희는 정말 소중한 대우를 받고 있고, 국왕님도 그만큼 진심으로 인류와 마족의 공존을 생각하고 있다는 걸 알 수 있어요.

그러니 저희도 기대에 부응하고 있을 뿐이지, 칭찬받을 만한 일을 하는 것은 아니에요.

그래도 이렇게 인정받으니 기뻐요.

"히나 씨, 안녕하세요."

"안녕하세요, 클로아 님."

"파루루카 씨, 나중에 오늘 스케줄 변경에 대해 할 얘기가 있으니 아침 식사 후에 바로 모이세요."

"알겠습니다. 가능한 한 빨리 가겠습니다."

방에서 나와 이렇게 복도를 걷고 있어도 말을 걸어주게 된 건 국왕님뿐만 아니라 왕성에 있는 모두와 마음을 터놓기 시작했기 때문이겠죠.

인사를 나누게 된 메이드 분들의 이름도 전부 외웠어요.

같은 왕성에서 사니 히나와 파루루카의 정체를 모를 수가 없어요.

처음에는 역시 가증스러운 마족을 받아들이기 어려웠겠지만 이렇게 대해주게 된 건 정말 기쁜 일이에요.

정말 즐거워요. 하루하루가 정말로 즐거워요.

마대륙에서 도망친 몸인 것도 잊어버릴 정도로요.

"안녕하세요, '용사 파티' 여러분."

식사는 '용사 파티' 분들과 같은 방에서 해요.

먼저 식사 중이던 모두에게 인사하니 모두에게서 미소가 돌아왔어요.

물론 진 님도.

"그 모습은…… 이후에는 다 같이 외출합니까?"

히나 대신 파루루카가 물었어요.

보통 두 분 정도는 편한 복장을 하시지만, 오늘은 다들 '용사 파티'의 차림이었어요.

"맞아, 오늘만은 '용사 파티'도 총동원이야."

"이후에 저희의 결혼반지 제작에 필요한 보석을 받으러 가게 되었어요."

결혼반지…….

그날, 히나가 부숴버린, 진 님과 모두의 결혼에 정말 중요한 물건.

"그때는 정말 폐를……."

머리를 숙이려고 하자,

"이미 화해했어. 그러니 사과하지 않아도 돼."

"레키 님……."

"그리고 울면 눈이 빨갛게 부어버려. 그러면 우리가 히나를 귀여워하는 멜트한테 혼나."

"후훗…… 그렇네요."

물론 일반인이 '용사 파티'를 혼낼 수 있을 리 없지만, 레키 님 나름대로 분위기를 푸는 농담이겠죠.

그래도 그런 생각이 들게 할 정도로 멜트 님과 현장에 있는 분들은 히나에게 잘해주고 있어요.

……마족이라는 정체를 숨기고 있는 게 미안할 정도로.

사이가 좋아지면 좋아질수록 죄책감이 커져요. 이것만큼은 아직 익숙해지지 않아요. ……아니, 분명 미래영겁 익숙해져서는 안 되겠죠.

히나가 짊어져야 하는 죄니까요.

"우리가 없어도 둘 다 잘 있어야 한다?"

"물론이죠! 절대로 신뢰를 배신하지 않아요!"

"괜찮아. 이제 히나와 파루루카를 의심하는 사람은 없어."

"감사합니다, 진 님. 그런데…… 모두 외출하신다는 건, 오늘은

데리러 오지 않는 걸까요?"
"미안하지만, 그럴 거 같아."
"'전이 마법'이 있으니까 서두르면 어떻게든 될 것도 같다만."
"아뇨, 류시카 님을 번거롭게 만들 순 없어요. 히나도 이제 훌륭한 레이디니까 걱정하지 마세요! 느긋하게 계셔요!"
"믿음직하네. 자, 잡담은 그쯤 하고 둘 다 앉아서 먹어. 모처럼 차린 식사가 식으니까."
"류시카 엄마에요……."
"난 아직 탱탱한 20XX살이다!"

♡♡♡♡♡

진 님 일행이 외출하는 걸 배웅한 후에 히나 일행도 각자 일터로 이동했어요.
평소에는 '용사 파티'에서 누군가가 따라오기에 혼자 이동하는 건 신선하네요~.
약간 허전한 느낌도 있지만, 가끔 이렇게 혼자 생각할 시간도 있었으면 했으니 좋게 생각하죠.
그래요, 히나가 혼자 생각하고 싶은 것…….
"역시 신경 쓰지 않는 건 불가능해요……!"
머리에서 진 님의 대답이 떨어지지 않아요……!
'히나가 싫은 건 아니야. 하지만 지금 히나의 마음을 받아들이

는 건 무책임하다고 생각해.'

지금만큼은 진 님의 성실함이 원망스러워요!

무책임해도 상관없으니 히나의 마음을 받아들이면 히나가 이렇게 괴로워하지 않아도 됐을 텐데……!

……하지만 히나가 성실함을 잃은 진 님에게 반했냐고 물어보면…….

이, 이 무슨 딜레마인가요……?!

"어~이, 안녕, 히나!"

"안녕하세요, 멜트 님."

우연히 합류한 멜트 님이 뒤에서 어깨동무해서 아침 인사를 나눴어요.

"그래서 왜 여러 가지 표정을 짓고 있었어, 히나."

"보고 있었군요…… 부끄러워라……!"

"우연히 봤어. 그리고 눈그늘이 짙어. 그런 상태로 괜찮아?"

"안심하세요. 수면 시간은 확보하고 있어요."

그렇다고는 해도 몇 번이나 깼다가 자고, 깼다가 자고를 반복했지만요…….

하지만 멜트 님과 모두에겐 폐를 끼치고 싶진 않으니, 건강 상태는 문제없어요.

"그럼 괜찮은데…… 힘들면 하루 정도는 쉬어도 괜찮아."

"걱정하지 마세요. 정말로 체력은 남아돌아요."

"흐~음……."

멜트 님은 미묘한 표정으로 바라보더니 또 언제나처럼 볼을 쭉 쭉 잡아당기며 놀기 시작했어요.

"사랑하는 진 님 때문이지?"

"읏…… 그렇게 알기 쉬운가요?"

"여기에 온 뒤로 히나의 고민 대부분이 진 씨 관련이잖아. 그래서 이렇게 낙담한 걸 보면……."

"…………(꿀꺽)."

"……하항~. 보아하니 너…… 고백했다가 차였구나?"

"시, 시끄러워요! 정답이에요! 멜트 님은 바보야!"

"하하핫! 미안 미안! 너무 기운이 없어서. 히나도 이렇게 상심하는구나."

"히나도 사랑에 빠진 소녀예요! 마음은 섬세하니까 더 부드럽게 대해주세요!"

"어쩔 수 없네~. 인생 선배인 멜트 님이 상담해 줄게. 아직 작업 시작까지 여유가 있으니 얘기해 볼래?"

"……놀리지 마세요?"

"내 꿈을 잊었어? 같은 뜻을 가진 녀석의 이야기는 비웃지 않아."

멜트 님의 눈동자는 아주 진지했어요.

히나는 얼버무릴 것도 없이 고백하기까지의 과정을 자세히 이야기했어요.

방에 놀러 오도록 권한 것부터 차이기까지 자세히.

멜트 님은 가끔 맞장구를 치면서 착실하게 들어줬고, 이야기가 끝나자 입을 열었어요.

"있잖아, 히나. 히나가 진 씨를 좋아하게 된 이유는 뭐야?"

생각지도 못한 질문이었어요.

분명 위로하는 말이 돌아올 줄 알았는데 말이죠.

"진 님은 히나가 좋아하는 책에 나오는 등장인물과 닮아서…… 그래서 진 님이 운명의 상대라 생각했어요."

"……그렇구나."

멜트 님은 뭔가 깨달은 듯한 눈치였어요.

……파루루카도 그랬었는데, 멜트 님도 혹시 진 님이 한 말에 숨겨진 진의를 알아차린 걸까요?

그렇다면 알아내야 해요……!

그러나 히나가 물어보려고 하기 전에 멜트 님이 히나의 가슴을 주먹으로 톡 쳤어요.

"멜트 님?"

"히나. 한 번 처음부터 되돌아봐. 진 씨를 좋아하게 된 원점의 마음을 다시 생각하는 거야."

"원점의 마음을……?"

"그래. 진 씨를 좋아한다고 생각하는 마음을 첫 만남부터 돌아보는 거야. 그러면 분명 히나가 다시 기운을 차릴 수 있을 거야."

"저, 정말인가요……?"

"그럼. 그리고 말이야, 결국 마지막에는 마음에 직접 묻는 게 제일이야."

멜트 님은 그렇게 말하고 다시 히나의 가슴을 톡톡 쳤어요.

"마음에…… 직접. ……네, 히나는 좀 더 자신과 마주해 볼게요."

지금 히나에게는 광명이 보이지 않아서 조언은 정말 고마웠다.

역시 멜트 님. 상담하길 잘했어요!

"그럼 오늘은 집에 돌아가서 하루 종일 고민하고 와. 내 권한으로 허락해 줄 테니까. 이런 꼴로 일하다가 다치면 큰일이라고!"

"햐앙."

멜트님은 히죽히죽 웃으며 히나의 허리를 팡, 치더니 종종걸음으로 현장에 모인 분들에게 달려갔어요.

허리에 느껴지는 미약한 아픔이 지금은 좋아요. 이런 식으로 마음 편하게 대해주는 게 좋아요. 마족인 자신을 받아주는 것 같아서 기쁨이 찡하게 북받쳐요.

"멜트 감독! 히나! 안녕~!"

"슬슬 작업도 마무리가 가깝다! 마지막까지 열심히 하자!"

"다 같이 해내자!"

"피터 씨, 렝크 씨, 산토스 씨! 안녕하세요~!"

제가 온 것을 알아차린 현장 분들이 말을 걸어주셨어요.

손을 흔들어 인사를 받아주고 히나도 모두의 옆에 나란히 섰어요.

"야, 쉬어도 된다고 했잖아?"

"흐흥! 히나는 자기 일 때문에 일을 내팽개칠 정도로 어린아이가 아니라고요! 그리고 조금만 더 하면 일단락되니, 다 끝낸 다음에 고민할 거예요!"
"히나……."
잔해뿐이었던 황폐한 땅이 깨끗해지고 건물이 척척 재건되고 있어요.
앞으로 며칠 더 하면 끝나겠죠.
허전하기도 하고 기쁘기도 해요.
물론 진 님에 대한 감정의 타협점을 찾는 것도 문제지만, 그걸 이유로 들어 복구 작업을 건성으로 할 생각은 없어요.
둘 다 히나에게는 소중하니까요.
"……그렇다면 오늘도 열심히 일해!"
"물론이죠! 맡겨주셔요!"

"――과연, 이곳이 당신의 새로운 거처입니까."

"――?!"
히나가 들은 적 있는 목소리, 그게 의미하는 건 터무니없이 가혹한 현실.
급하게 돌아보니 굉장히 추악한 마족―― 알데로가 있었어요.
아주 잠깐 생긴 몇 초의 공백.
모두가 이변을 이해하지 못했어요.
이 얼어붙은 몇 초만으로도 알데로는 이 자리의 인간들을 전부 죽일 수 있어요.

"위험해!"

히나는 순간적으로 가장 먼저 표적이 된 사람 앞에 서서 공격을 막아냈어요.

마력을 두르지 않으면 심장이 꿰뚫렸을 일격.

"크으으윽……!"

만전의 상태로 받아내지 못한 탓에 반동으로 땅을 굴렀어요.

하지만 이러는 동안에도 놈은 사람들을 노릴 테죠.

그렇게 둘 수는 없어요……!

"'어스 불릿'!"

구르면서도 땅에 손을 대서 흙 탄환을 쏘아 방해했어요.

그리고 곧장 일어나서 사람들을 다시 감쌌어요.

——비록 오늘 정체가 들통나더라도, 이들을 버리고 도망칠 수는 없어요!

"푸흡…… 마족이 인간을 지킨다? 정말로 자기 본분을 잊은 겁니까? 마왕의 딸인 당신이!"

알데로는 다들 들으라는 듯 진실을 떠벌려 댔어요.

어차피 상관없어요. 이미 히나의 뿔을 가려주던 모자는 저 멀리 날아갔으니까요.

태양 아래에 비친 두 개의 뿔. 히나가 인간이 아닌 마족이라는 증거.

"아니……?!"

"히나가…… 마왕의 딸?"

"히나……? 너……."

멜트 님이 아연실색한 표정으로 히나를 바라봤어요.

"이게 어떻게 된 거야? 용사님의 친척이라고 했잖아……? 그 뿔은 뭐야?"

"…………."

……이건 분명 히나를 잘 대해준 모두를 계속 속인 것에 대한 벌이에요.

차라리 잘 된 일일지도 몰라요. 언젠가는 밝혀야 했을 일인 걸요. 히나는 더 이상 모두를 속인 채로 지내고 싶지 않아요.

무엇보다! 저는 여기서 물러설 수 없어요. 그게 인류와 마족이 공존하는 유일한 길이니까요.

"……미안해요, 여러분. 히나는 마족이에요. 왕도를 습격한 장본인이죠."

"……!!"

"이럴 수가…… 그럼 네가 우리의 생활을 엉망진창으로……!"

"대체 무슨 생각으로 우릴 도운 거지……?"

히나의 고백에 모두 혼란스러워했어요.

특히 멜트 님은 날카로운 눈빛으로 히나를 째려보고 있어요.

이미 저지른 일은 바꿀 수 없어요.

그렇기에 미래를 위해 노력해야 해요. 알데로에게서 그들을 지키는 것 또한 마찬가지예요.

그게 지금 히나가 할 수 있는 일이고요.

"……멜트 님, 다른 분들을 데리고 도망치세요."

히나의 호소에도 돌아오는 대답은 없어요.

곁눈질로 보니, 평소 같은 힘찬 모습 대신 일그러진 표정을 짓고 있었어요.

목소리를 내지 못하는 그녀 대신하듯 다른 사람들이 감정을 토했어요.

"이, 이럴 때가 아니야, 도망쳐야 해! 하지만 히나는 마족인데…… 아니, 그동안은……. 아아, 진짜! 모르겠어……!"

"마족이 하는 말을 믿어도 돼……?!"

"잠깐만요, 여러분! 히나가 열심히 한 건 사실이잖아요!"

"그, 그럼 어떻게 해? 일단 도망치는 게……!"

그들이 욕해도 뭐라 할 수 없어요. 그건 히나가 저지른 일의 죗값이에요.

"크크큭…… 우습군요. 기껏 지켜줬더니 돌아오는 반응이 이거라니. 이게 대체 무슨 꼴입니까!"

"웃을 거면 마음껏 웃어요. 하지만 히나의 생각은 변하지 않아요."

"저 반응을 보고도요? 인류와 마족은 영영 공존할 수 없는 겁니다. 장난은 이만하고 돌아오시죠. 저놈들을 손수 처리하면 다른 동포들도 이해할 겁니다."

"히익?!"

알데로의 길게 뻗은 손톱이 히나 뒤에 있는 사람들에게 향하길래, 히나는 알데로의 시선을 가로막듯이 이동해 양팔을 벌려 막았어요.

망설일 이유가 없어요. 답은 정해져 있으니까요.

"그렇게는 안 돼요. 히나가 모두를 지켜낼 거예요."

"하아…… 이래서 바보들은. ……뭐, 알겠습니다."

그가 날개를 펼치자 돌풍이 불며 히나의 머리카락이 흔들렸어요.

돌풍에 놀란 사람들이 엉덩방아를 찧는 모습이 보였어요.

공격이 아닌데도 이 정도. 인간쯤은 간단히 죽일 수 있는 게 바로 마족이에요.

더구나 그는 마왕군 중에서도 손꼽히는 실력자. 히나가 누군가를 지키며 싸울 상대가 아니에요. 하지만 가능한지 어떤지는 중요하지 않아요. 히나는 이들을 지켜야만 해요.

"그렇게 인간이 좋으면 이 자리에서 사이좋게 죽으시죠! 마족을 적대하는 배신자답게 말입니다!"

"――'섀도 퀵'!"

마력으로 만들어진 열 마리 까마귀가 칠흑의 날개를 퍼덕여 날카로운 부리로 알데로를 향해 날아갔어요.

알데로는 마법을 쏘아 까마귀를 떨어뜨리려고 했지만, 저 까마귀들은 스스로 판단할 수가 있죠.

한 마리가 사멸하기 전에 알데로의 팔의 살을 찔렀어요.

"이분들에게 손대기만 해보세요. 다음에 꿰뚫는 건…… 당신의 심장이에요!"

히나는 그렇게 말하며 알데로에게 손가락 욕을 해줬어요.

Life 4-6 당신을 사랑합니다

서로 노려보는 구도가 된 히나와 알데로.

움직이지 않는 게 아니라 움직일 수 없어요.

왜냐하면 히나 뒤에는 아직 사람들이 있으니까요.

어서 도망쳤으면 하지만, 알데로가 시선으로 계속 견제하는 탓에 도무지 틈이 나질 않아요.

알데로는 네 개의 눈을 가지고 있으니 눈을 피해 달아나는 건 사실상 불가능해요.

"죽여? 당신이? 나를? 할 수 있다고 생각하는 겁니까?"

"할 수 있느냐 없느냐가 아니에요. 해내는 거죠."

"더러운 배신자 주제에……. 정말 제 신경을 건드리는군요."

알데로는 신사인 척하는 말투를 쓰지만 행동은 전혀 그렇지 않아요.

그는 마족 중에서도 유독 인간을 싫어하는 탓에, 습격한 도시는 매우 비참한 꼴을 맞이해요.

남자는 잡아먹히고 여자는 가혹하고 치욕스러운 대우를 받아요.

그야말로 인간에게는 지옥이나 마찬가지예요. 저들이 바로 마족의 과격파이죠.

그를 따르는 마족도 많아요. 아마 여기까지 히나를 쫓아온 것도, 인간의 편을 드는 마족을 도무지 용납할 수 없어서겠죠.

"좋습니다. 그렇게 말한다면 어디 재주껏 저 인간들을 지켜보십시오.”

“물론 그럴 거예요. 히나의 목숨과 바꿔서라도!”

“……제가 싫어하는 표정이군요. 희망을 품은 눈빛…… 하, 불쾌하기 짝이 없군……!”

알데로가 신경질적으로 자기 머리를 으득으득 긁어대기 시작했어요. 눈에 핏발이 선 걸 보니 몹시 화가 난 모양이에요.

“그래요, 어디까지 가나 봅시다. 거기 있는 인간들을 하나하나 죽여도 당신의 표정이 여전할지!”

“아쉽지만 볼 수 없을 거예요. 누구 하나 잃지 않을 거니까요.”

“입만 놀리면 무슨 말이든 할 수 있지! ‘어스퀘이크’!”

“비겁하게……!”

땅이 크게 흔들리자, 사람들이 중심을 잃고 넘어지기 시작했고, 이윽고 누군가가 히나의 방어 범위 밖으로 나오고 말았어요.

“자아! 한 명째! ‘윙 길로틴’!”

“‘워터 검 실드’!”

알데로가 사용한 것은 높은 살상력을 자랑하는 바람 속성 마법이에요. 평범한 방어 마법으로는 막기 어려우므로 충격을 흡수하는 ‘워터 검 실드’로 받아낼 수밖에 없어요.

이걸 시작으로 마법이 복잡하게 오가기 시작했어요.

“첫 번째 공격은 막았군요. 그러면 여럿을 동시에 지킬 수도 있습니까? ‘다크 · 다크’!”

“살상력이 높은 것만……! ‘가드 라이트’!”

하늘에서 떨어지는 칠흑의 광선을 흡수하는 빛. 어둠 속성 마법을 끌어당기는 방어 마법의 일종이에요. 전체를 보호하기보다 공격 자체를 흡수하는 방식이죠.

"언제까지 방어만 할 겁니까? 그래서 저를 이길 수 있겠습니까? '플레임 레인'!"

"'워터 불릿'!"

하늘에서 쏟아지는 지옥의 업화를 상대하려면 출력을 올릴 수밖에 없어요.

그만큼 마력 소비가 커지겠지만, 힘을 아낄 상황이 아니니까요. 하나라도 놓치면 피해자가 나올 거예요.

상대는 그 점을 철저하게 이용하고 있어요. 히나의 마력을 계속 깎아낼 생각인 거겠죠.

작열하는 불에 물 탄환이 닿아 증발하면서 맑은 하늘을 뒤덮듯이 수증기가 피어올랐어요.

어떻게든 피해 없이 무사히 받아넘겼어요……!

일단은 태세를 재정비해야 해요.

히나는 모두의 기척을 등으로 느끼면서 자리를 잡았어요.

이미 마력을 상당히 써버렸어요…….

"인간 놀이에 빠져도 마왕의 핏줄이라는 겁니까. 대단하군요."

"당신에게 칭찬받아도 전혀 기쁘지 않거든요?"

"일단 진심으로 감탄한 겁니다. 평범한 수단은 통하지 않는 듯하니 저도 방법을 바꾸겠습니다. '플라이'."

"이런……?!"

대상을 부유시키는 보조계 마법이에요. 아니나 다를까, 뒤에 있던 산토스 씨가 팔다리를 버둥거리면서 공중으로 떠올랐어요.

원래 하늘을 나는 편리한 비행 마법이지만, 저대로 추락하면 살아남기는 어려워요. 그러나 히나가 산토스 씨를 구하면 알데로는 그 틈에 지상을 공격하겠죠.

알데로의 공격을 빠짐없이 막아야 하는 히나의 처지에서는 아무래도 지상과 공중을 동시에 지키는 건 불가능해요.

어떡하지……? 이럴 때는 어떻게 해야 하지……!

"——판단 지연은 이런 상황에는 치명적이에요."

"……!!"

어느새 알데로가 코앞까지 다가왔어요. 전혀 깨닫지 못했어요. 아니 알아차릴 수 없었어요……!

"인간에 정신이 팔려서 정작 자신을 잊고 있었군요!"

입꼬리를 씨익 올리고 웃음을 짓는 알데로.

요격하기엔 이미 늦었어요! 지금 할 수 있는 일을 생각하세요, 히나!

뭐든 좋아……! 히나의 신념을 지킬 방법을……!

"'다크 인챈트 실드'!"

"이미 늦었다아아아아아아!"

"끄윽……?!"

알데로의 주먹이 배에 꽂히는 게 느껴졌어요.

명백히 살의가 담긴 주먹이었어요. 뼈가 부러지는 소리가 들리고 격통이 느껴지는 탓에 반응할 틈도 없이 근처 건물에 처박혔어요. 애써 모두와 같이 지은 집이었는데…….

"커헉……!"

등에 충격을 느낀 순간 반사적으로 공기와 피를 토했어요. 부러진 뼈가 폐를 찌른 걸지도 모르겠어요. 숨이 잘 안 쉬어져요.

산소가 부족한 걸까요? 시야도 차츰 흐릿해지고 있어요.

그래도 다행히, 직전에 펼친 마법은 발동했어요.

"흥…… 그 와중에 방어벽을 펼쳤습니까. 그렇게까지 인간을 지키려고 하다니…… 참 어리석군요."

'다크 인챈트 실드'는 일정 범위를 마법 발동에 사용한 마력이 사라질 때까지 지키는 방벽 마법이에요.

어차피 알데로에게 이길 수 없다면 마력을 더 아낄 필요도 없어요. 히나는 차라리 그들이 살아남을 가능성에 걸기로 했어요.

산토스 씨도 '플라이'가 해제되었지만 '다크 인챈트 실드'의 효과로 무사해요.

다행이다…… 정말 다행이다…….

"히나…… 어째서……."

다들 당황스러운 눈빛이었어요. 마족이 인간을 지키는 모습을 본 적도 들은 적도 없을 테니 이해해요. 하물며 히나는 몇 달 전, 왕도를 파괴한 장본인이고요.

하지만 그들을 속이려고 굳이 이런 연기를 펼칠 필요는 없어요.

그야 혼란스럽겠죠.

그러나 히나가 목숨을 걸고 모두를 지키려는 이유는 명확해요.

"모두, 를…… 히나가 지키겠다고…… 정했어요……."

호흡도 마음대로 되지 않아요. 피가 입 안에 고여서 목소리도 잘 나오지 않아요.

그래도…… 모두에게 전하고 싶어요.

"히나는…… 여러분을…… 정말 좋아하니까……."

정말 여러분과 지낸 시간은 히나에겐 소중한 시간이었어요.

만약, 만약에, 멜트 님을 비롯한 모두가 조금이라도 그렇게 생각한다면, 히나는 그걸로 충분해요.

인간과 친해지기를 원하는 마족도 있음을 알렸다면…… 이미 히나의 꿈은 이루어졌다고 해도 과언이 아닐 테니까요.

설령 히나가 죽어도, 같은 뜻을 가진 파루루카가 있어요. 분명 그녀가 히나의 의지를 이어주겠죠.

"동포로서 마지막 자비로 기다려 드렸습니다만, 유언은 그게 전부입니까? 그러면 이제 작별이군요."

대답도 할 수 없다는 걸 알고 있으면서, 마지막까지 추잡한 녀석이에요.

일어설 수도 없는 히나를 내려다보며 히죽거리고 있네요.

"인간 따위에 집착하니까 이렇게 요절하는 겁니다. 구제불능이군요."

어차피 처음부터 구제할 생각도 없었으면서…….

알데로의 손바닥이 히나에게 향했어요.

마법을 난사하든, 주먹으로 뼈를 부수든…… 이제 대항할 여력이 없어요.

그저 그런 생각이 드네요. ……마지막으로 '용사 파티' 분들을 한 번 더 보고 싶었어요.

레키 님, 유우리 님, 류시카 님…… 진 님.

여러분과 더 이야기하고 싶었어요.

특히 진 님. 결국 히나의 마음을 받아주지 않고 헤어지게 되었네요.

하지만 이것도 분명 히나에게 내려진 벌.

'용사 파티' 분들의 결혼을 엉망진창으로 만들고, 멜트 님을 비롯한 여러분들의 인생을 뒤죽박죽으로 만든 히나가 행복해지다니, 그런 이기적인 부탁이 이루어질 리 없어요.

아쉬움과 미련은 많지만…… 만족하고 결과를 받아들이겠어요.

…………어쩐지 알데로 치고는 매우 뜸을 들이네요. 마음의 준비도 다 끝내고 눈도 감았는데, 뭘 기다리는 거죠?

혹시 마지막에 죽는 순간을 히나가 직시해야만 한다던가, 그런 걸까요.

이상한 집착이네요……. 죽음을 인식하는 건 조금 무섭지만, 어쩔 수 없죠.

그러나 눈을 떠도 알데로의 모습이 보이지 않았어요.

……아니, 알데로가 사라진 게 아니에요. 누군가가 그를 가로

막은 거예요.

바로 멜트 님이었어요.

"멜트 님…… 어째서……."

"……고민했어. 우리 마을을 엉망진창으로 만든 건 너지만, 그걸 고치려고 한 것도 너야."

멜트 님은 의지가 담긴 날카로운 시선으로 알데로를 노려보았어요.

히나 못지않게 작은 등인데, 이상하게도 정말 웅대하게 느껴졌어요.

멜트 님은 주먹을 꼭 쥐더니 자기 가슴을 쿵, 두드렸어요.

"그래서 내 마음에 물었어! 거추장스러운 이해관계 따윈 전부 무시하고! 그랬더니 답이 나오더라고. 난! 히나와 보낸 시간이 즐거웠어! 이대로 잃을 수 없다고! 소중한 친구를 지킬 거야!!"

멜트 님이 그렇게 말하며 모자를 하늘로 내던졌어요.

"다들! 당황하지 마라!"

멜트 님이 목이 터질 듯이 쩌렁쩌렁 울리는 큰 목소리로 활력을 불어넣었어요.

"너희가 직접 보았던 모습을, 느꼈던 감정을 믿어! 설령 어떤 과거가 있다고 해도! 히나는! 이미 우리의 동료야! 안 그래?!"

""""…………!""""

멜트 님의 물음에 응해 다른 분들도 하나둘 이곳으로 모여들었어요.

여전히 두려움에 떨고 있으면서도요.

"여, 여기서 나가!"

"그래 맞아! 히나는 네놈과는 다르다고!"

"다들! 우리가 히나를 지킨다!"

"여러분……."

굳이 위험을 자초하면서까지……. 히나를 버렸으면 아직 살 수 있을지도 모르는데……!

"미안, 히나! 우리가 잘못 생각했어!"

"그래! 설령 마족이라도, 너는 틀림없이 우리와 함께 일한 동료야!"

"동료는 동료가 지킨다! 아주 당연한 일이야!"

"너는 우리를 위해 목숨을 걸었어. 알고도 모른척하면 그야말로 사람이 아닌 거지……!"

아아…… 아아……!

절체절명의 상황인데도 따뜻한 눈물이 멈추지 않아요…….

히나는 비로소 인정받은 거예요.

이분들은 히나의 악행을 알고도 동료로 받아들여 주고 목숨을 걸고 있어요.

왜, 왜 히나에게 이분들을 지킬 힘이 없는 거죠……!

"참으로 걸작이군! 애써 저 바보가 지켜줬는데, 제 발로 죽으러 기어 나오는 꼴이라니! 히나, 개죽음이 되겠구나!"

"닥쳐라, 마족! 우리의 히나를 비웃으면 용서하지 않겠다!"

"하찮은 하등 생물 놈들이! 주제를 모르고 계속 기어오르는구나! 저 버러지가 지켜주니 뭐라도 된 것 같더냐?!"

"크……!"

알데로가 격노하자 기백에 눌려 다들 주춤했어요.

이분들의 마음은 기뻐요. 그간 히나의 노력이 의미가 있었다는 뜻이니까요. 하지만 알데로의 말대로 이분들이 뭘 어떻게 할 방법은 없어요.

이런 적을 상대할 수 있는 건 오직 그분들뿐. 최강의 마족을 쓰러뜨리고 평화를 수호하는 인류 최강의 '용사 파티'말이에요.

그러나 어째서일까요. '용사'님이 아니라 마음씨 착한 청년이 떠오르는 이유는.

"진…… 님……."

후훗…… 결국 마지막까지 히나의 마음속을 차지하고 있는 건 그분뿐이었어요.

마지막으로 한 번 더 진 님의 이름을 부를 수 있어서 다행이에요.

——그 순간, 강렬한 빛이 비쳤어요.

이게 무슨 일일까요. 갑작스러워서 놀랐지만, 두렵지는 않았어요.

히나는, 이게 무슨 빛인지 너무나도 잘 알고 있어요.

"다행이다! 전이가 너무 늦지 않았어! 잘 버텼어, 히나."

안심감을 주는 미소를 보니 히나를 괴롭히던 아픔이 사라지는 것만 같았어요.

머리에 살짝 대어진 손을 따라 히나의 몸에 부드러운 온기가 퍼져나가는 게 느껴졌어요.

"뒤는 맡겨줘. 지금부터는 내가 히나의 의지를 이어갈 테니."

용감한 목소리가 안도감을 줬고, 감동에 가슴이 떨렸어요.

히나가 경애하는 진 님이 히나의 눈앞에 서 있어요.

"앗…… 아아…… 진 님……!"

대치하는 진 님과 알데로.

어렴풋이 흐릿해지는 시야로 히나는 둘의 싸움을 지켜보는 것밖에 할 수 없었어요.

자신의 무력함이 한스러워요. 저도 모르게 흙을 움켜쥐고 말았어요.

"진 씨!"

"살았다……!"

날 발견한 멜트 일행이 안심한 듯이 환호성을 질렀다.

그리고 뜻밖에도, 불청객 또한 나를 반기는 듯했다.

"저 배신자에게 미끼의 가치가 있었군. 설마 네놈을 꾀어낼 수 있을 줄이야. 아무래도 내가 운이 좋은 모양이군."

몸을 부르르 떠는 마족.

"내 이름은 알데로! 마왕군 간부이자 인류를 멸할 자, 그리고 너를 저승으로 인도할 자다. 잘 기억해 두어라."

이 녀석이 새로운 마왕군 간부인가……!

압박감은 전쟁 중에 쓰러뜨린 마왕군 간부에도 뒤지지 않는다.

"모처럼의 부탁에 미안하지만, 두 가지 정정하지."

두 손가락을 딱 세우고 하나씩 접었다.

"히나는 배신자도 아니고 미끼도 아니야. 우리의 미래를 짊어질 아이다. 히나가 목숨을 걸었다면 나도 마찬가지다. 그리고 또 하나. 나와 마주한 건 행운이 아니라 불행이다. 마주하는 게 오늘이 처음이자 마지막일 테니."

"하! 헛소리! 특별한 재주도 없는 네놈에게 이 몸이 질 리가 없잖나!"

녀석이 날개를 펼치며 풍압을 뿜어냈지만, 나에게는 아무렇지도 않은 바람일 뿐이다.

녀석은 네 개의 눈으로 나를 노려보았다.

"'용사'도 '현자'도 '성녀'도 없이 네가 뭘 할 수 있지? 네놈의 실력 따위, 마력만 봐도 알 수 있단 말이다!"

"아직도 내가 혼자 온 의미를 모르겠나? 널 상대하는 데는 나 하나면 충분하다는 뜻이다."

"……유언은 그게 전부인가?"

"후, 그렇게 입을 나불댈 시간이 있으면 공격해라."

그렇게 도발한 순간, 알데로의 모습이 잔상이 되었다.

눈으로 포착할 수 없을 정도의 고속 이동.

그러나 인지 수단은 시각만 있는 게 아니다.

난 주먹이 움직이는 소리를 의식해 머리를 기울였다. 그 찰나에 알데로의 날카로운 주먹이 허공을 갈랐다.

"'아이스 블레이드'!"

"흥, 뻔하기는!"

얼음 검으로 알데로의 팔을 잘라내려고 하자 날개로 막아 튕겨냈다.

"어디, 이번에도 피해 봐라."

"'윈드'!"

공중으로 피한 나를 추격하여 주먹을 날리는 알데로.

바람 속성 마법으로 몸을 움직여 피한 후 그대로 바람을 몰아 얼음 검으로 반격했다.

하지만 알데로는 날개를 움직여 여유롭게 검을 피했다.

"생각보다 촐랑촐랑 잘도 움직이는군."

"그래? 정작 넌 생각하던 만큼은 아니던데."

"흥, 건방지긴."

잠깐 겨룬 것만으로 서로 깨달았다. 이 녀석은 내가 혼자 상대하기에는 약간 버겁다. 반대로 알데로는 여유로울 것이다.

알데로는 대부분 육체만으로 응수했다. 녀석이 마법을 쓰기 시작하면 나는 수세에 몰릴 가능성이 크다. 대책 없이 싸울 상대는 아니란 뜻이다.

나는 머리를 굴리며 얼음 검을 버리고 단검을 뽑았다.

어디, 마력 소비가 적은 초급 마법 위주로 소모전을 펼쳐볼까.

방어는 마법으로 공격은 단검으로.

나는 특출난 점이 없는 대신 검술, 격투, 마법, 모든 기술을 수준급으로 다룰 수 있다. 그렇기에 가능한 기예.

"자, 계속해 보자고."

"후후, 네놈이 언제까지 버틸 수 있을까."

"난 끈질긴 게 장점이라서! 백 번이고 천 번이고 상대해 주마!"

부족한 능력으로 기필코 최종 결전까지 동행한 내 집요함을 질리도록 깨닫게 해주마.

승기가 보일 때까지, 얼마든지!

알데로의 긴 손톱과 내 단검이 부딪쳐 불꽃이 튀었다.

♡♡♡♡♡

히나는…… 히나는 지금 뭐 하는 거죠?

눈앞에서 진 님과 알데로가 싸우고 있잖아요!

저 한 몸 희생하며 물러서지 않고 인류의 평화를 위해 싸우고 있잖아요!

다른 분들도 진 님을 필사적으로 응원하고 있다고요!

그런데 히나는, 히나는 이게 무슨 꼴이죠?

진 님이 나타났을 때, 역시 진 님은 히나를 구하러 와주는 왕자님이라 생각했어요.

——히나는, 앞으로도 계속 왕자님에게 의지할 건가요?

마치 이야기의 클라이맥스에 등장하는 영웅 같다고 생각했어요.

——히나는 이야기 속 공주님으로 지낼 작정인가요?

예, 알아요. 진 님에게 전부 맡기는 게 효과적이겠죠.

하지만…… 그건 제가 바라는 게 아니에요.

"……자기 마음에 물어보라고 하셨죠."

문득 멜트 님이 했던 말들이 떠올랐어요.

『그래. 남편을 옆에서 보필하는 아내가 되는 것. 그게 내 꿈이야.』

『내가 생각하는 멋진 아내란, 보호받기만 하는 게 아니라 남편을 지킬 수 있는 여자야.』

……그래요, 멜트 님.

히나는 보호받기만 하는 공주님이 되는 건 사절이에요.

지금 일어서지 않으면 히나는 아무것도 변하지 않아요.

진 님에게 언제까지고 보호 대상일 뿐이라고요……!

"그건 싫어요……!"

히나는 진 님의 아내가 되고 싶어요!

동생도! 딸도! 친구도 아닌!

제게 아내란 보호받는 자가 아니라, 사랑하는 사람을 지탱하는 사람이에요!

아내를 목표로 한다면 히나는!

"이런 곳에서 누워있을 순 없어요!!"

아픈 팔을 디디고 악으로라도 일어서야 해요!

알데로를 쓰러뜨릴 사람은 진 님이 아니에요!

"알데로오오오!!!"

영혼을 담아 목을 울렸다. 목이 찢어질 정도로 날카로운 목소리로 외쳤다.

저 녀석을 쓰러뜨리는 건, 멜트 님과 모두를 지켜내는 건……!

"네 상대는 히나라고 했던 걸 잊었나요!"

――그 순간, 히나의 발치에서 하얀빛이 하늘로 뻗어 올랐어요.

"아니?! 그 빛은……! 웃기지 마라! 절대 그렇게 두지 않겠다!"

"어딜 한눈파는 거냐, 알데로!"

알데로가 히나를 저지하고자 덤벼들었지만, 진 님이 그를 붙잡았어요.

"크! 성가시게! 방해 하지 마라……!"

손톱 공격을 단검으로 막아낸 진 님은 그대로 앞차기를 날려 알데로를 떼어놓았어요.

"이건……."

히나는…… 히나는 본 적이 있어요.

이건 레키 님의 '엑스칼리버'……!

자연스럽게 진 님에게 시선이 향했어요.

이 빛을 가장 잘 아는 분.

"틀림없어! 히나, 네 마음을 해방해……!"

"……네!"

역시 그렇군요.

왜 '용사'도 아닌 히나에게 반응하는 건지는 몰라요.

하지만 히나의 본능이, 직감이, 그 이름을 외치라고 하고 있어요.

히나의 마음에 따라, 새로운 힘의 이름을 불렀어요.

"와주세요—— '엑스칼리버'!"

그러자 찬란하던 빛이 칠흑으로 물들며 히나를 감쌌어요.

하늘로 뻗은 손에 검디검은 마검이 들어왔어요.

레키 님의 '엑스칼리버'와는 전혀 다른 분위기인데도 참 아름답게 느껴졌어요.

"뭐냐……! 대체 뭐냐, 그건?!"

정체 모를 마검에 알데로가 경악성을 내질렀어요.

히나도 처음 보는 검이에요. 이런 게 있다는 이야기는 마족 그 누구에게서도 들은 적이 없어요.

하지만 알아요. 오래도록 함께했던 것처럼, 이 검을 어떻게 휘둘러야 할지 알겠어요!

"'엑스칼리버' ……용사의 힘과 히나의 마음이 어우러져 만들어진, 인류와 다족의 공존을 개척하는 히나만의 힘이에요!"

"인류와 마족의 공존이라고?! 아직도 그런 헛소리를 하는 거냐!"

"헛소리가 아니야! 히나에겐 그걸 실현할 힘이 있어! 절대 방해하게 두지 않아!"

어떻게든 히나를 방해할 작정인지 눈속임 마법까지 섞으며 맹렬한 속도로 접근하는 알데로.

"'버닝 불릿'!"

"어딜! '워터 불릿'!"

하지만 진 님의 마법으로 전부 격추되었어요.

진 님은 '용사 파티'에서 세 분을 보조했던 만큼, 남을 돕는 재능이 있어요.

타인을 위해 자신을 희생하는 상냥함이 빛나는 순간이에요.

"이상해요. 아까는 그렇게나 괴로웠는데…… 지금은 이렇게 힘이 넘쳐흘러요!"

덕분에 전력으로 상대할 수 있을 것 같아요……!

"당신의 죄를 참회하세요, 알데로! 우리와 지금까지 희생한 생명들의 수만큼!"

"웃기지 마라! 뭐가 참회냐! 너희 전부 내 양식이 되는 거다! 영광으로 알아라!"

채찍처럼 크게 휘두른 알데로의 팔에 히나는 '엑스칼리버'를 부딪쳤어요.

알데로의 손아귀와 칼날이 충돌하자 폭풍이 휘몰아쳤어요. 서로의 발이 땅에 박힐 정도의 충격이었어요.

하지만 충격에 먼저 한계가 온 건 알데로의 양팔이었어요.

"크아악?! 내 팔이?!"

"'엑스칼리버'는 만물을 가르는 난폭한 검이니까요. 당신을 베어야 한다고 판단 한 거예요."

악의가 없다면 인간이든 마족이든 상관없지만, 악의로 죄를 빚는 자는 가차 없이 단죄한다—— 정말 히나에게 딱 맞는 힘이네요!

"이대로 물러날 수는 없다! 양팔을 쓸 수 없어도 마법은 쓸 수 있단 말이다!"

"당신의 마법은 위협적이죠. 마법을 쓸 수 있다면 말이죠."

"——'플라이'. '락 · 락'."

"뭣이?!"

진 님의 마법으로 공중으로 떠오르는 알데로. 심지어 팔다리를 바위로 결박했어요.

"알데로! 히나의 꿈을 업신여긴 게 네 패인이다!"

'마족과 인류의 공존'…… 불가능할 줄 알았던 광경이 이곳에 펼쳐지고 있어요.

마족(히나)과 인류(진 님)가 손을 맞잡고 세계를 멸망시키려는 악에 맞서고 있어요.

모두가 비웃던 꿈이 여기서 새로운 미래를 열고 있어요……!

"마족(히나)과 인류(스승님)의 힘인 '엑스칼리버'로 당신을 쓰러뜨릴 거예요!"

"어, 어째서냐?! 어째서 그렇게까지 나약한 인간들 따위에 집착하냔 말이다……!"

"나약하지 않아요!"

알데로를 향해 분노를 담아 외치자 알데로가 주춤했어요.

"……당신은 아무리 괴로운 상황에도 꿈과 마주하는 사람을 본 적 있나요?! 곤경에 처해도 앞으로 계속 걸어가는 사람의 아름다움을 아나요?!"

히나가 지금까지 접해온 아름다운 마음들.

그걸 업신여기는 건 히나가 용서하지 않아요.

"여기 살아있는 모두가, 당신보다 훨씬 강한 사람들이에요!"

손을 내밀어 엄지를 아래로 향했어요.

알데로의 행선지를 가리키듯이.

"그 힘을, 지옥에서 지켜보세요!"

공중에 있는 알데로를 향해, 다리에 힘을 모아 뛰어올랐어요.

히나의 분노가 '엑스칼리버'에 의해 힘으로 바뀌는 게 느껴져요.

하지만 히나의 분노는 이 정도로 가라앉지 않아요.

마검이 발하는 칠흑의 기운은 레키 님의 '엑스칼리버'가 뿜어내던 빛과 비슷했어요.

이젠 알 것 같아요. 그분들의, 레키 님의 분노도 이랬군요…….

나중에 다시 여러분께 사과해야겠어요.

우선은 눈앞에 있는 악을, 이 일격으로 모두 베어내겠어요……!

"이 자리에서 당신을 단죄합니다. 당신이 악인이 아니라면 살아남을 수 있겠죠."

"우, 웃기지……!"

히나는 레키 님처럼 착하지 않아요.
정화가 아닌, 심판에 의한 단죄.
"——'엑스칼리버'!!"
"크아아아아악……?!"
어둠의 격류가 알데로의 단말마와 함께 거구를 집어삼키며 하늘 저편 너머로 사라졌어요.
알데로는 티끌 하나 남지 않았어요.
"후우…… 어찌어찌 끝났네요……."
이마에 난 땀을 팔로 닦으며 착지하려고 날개를 펼치려는 순간, 잊었던 격통이 느껴졌어요.
이, 이러면 떨어지는데요오오오오오오?!
"이대로는 전신 복합 골절이에요~!!"
"걱정하지 마."
"앗……?"
차츰 느려지는 낙하 속도.
아래에서 진 님이 바람 속성 마법을 쓰고 있었어요.
히나는 천천히 떨어져 그대로 진 님의 품에 ……어?
"……흐엣?!"
저, 저도 모르게 이상한 목소리가 나와버렸어요!
설마 이런 형태로 진 님이 공주님 안기를 해주시다니?!
새빨개진 얼굴을 보이고 싶지 않아서 손으로 가리고 있으니 진 님이 부드럽게 말을 걸어줬어요.

“……힘냈구나, 히나.”

“아, 아, 아, 아뇨! 히나는 전혀 아무것도 안 했어요! 당연한 일을 했을 뿐이고……!”

“겸손할 필요 없어. 자, 이거 봐.”

다들 웃는 얼굴로 서로를 끌어안고 있었어요.

“이게 히나가 지켜낸 광경이야.”

“히나가…… 지킨…….”

마음이 찡하게 울렸어요.

그 모습을 바라보고 있으니, 시선을 느낀 멜트 님이 제게로 다가왔어요.

히나도 진 님의 팔에서 내려왔어요.

“히나! 고마워!!”

“메, 멜트 님?! 앗, 등을 팍팍 때리지 마셔요! 아파요! 아파요! 부러졌어요! 히나, 뼈가 부러졌어요!”

“어이쿠, 그랬지 참. 이렇게 다칠 때까지 무리해서…….”

“설령 다치더라도, 히나는 여러분을 지켜야 해요.”

“바보야! 그건 이미 용서했다니까!”

“아얏! 때리면 아프다니까요, 멜트 님!”

“흥. 말귀를 못 알아듣는 녀석에게는 딱 좋은 벌이지. ……히나도 이제 자신을 용서해.”

멜트 님이 꼭 안아주셨어요.

‘용사 파티’ 분들은 히나의 모든 걸 알고도 상냥하게 받아들여

주었죠.

하지만 그건 '용사 파티' 분들과 그만한 관계성이 있었기 때문이에요. 철부지 히나가 바뀌고자 노력하는 자세를 알아주셨기 때문이에요.

이분들은 달라요. 특별한 힘도, 권력도 없는데도 마족인 히나를 받아들였어요. 그것이 이분들의 다정함이겠지요.

따뜻한 멜트 님의 체온. 숨결 피부의 부드러움.

정신을 차리고 보니 눈에서 눈물이 멋대로 흐르고 있었어요.

"나도 바로 믿어주지 못해서 미안……! 히나를 엄청나게 상처 입혔어……."

"아, 아니에요! 멜트 님은 당연한 반응이었어요……."

"그러니까 이제 됐다니깐. 난 히나를 용서했어. 그걸로 끝이야. 이제 우린…… 진정한 친구야."

"……! 읏…… 으으…… 아아아아아아앙!!"

그로부터 얼마나 울었는지 몰라요.

도중부터 멜트 님도 같이 울었어요.

나중엔 마치 몸에 수분이 다 빠진 것처럼 되어서는, 바짝 마른 꼴로 목이 쉬었어요.

그러고는 눈물로 끈적끈적 엉망이 된 얼굴을 마주 보며 깔깔 웃었어요.

이번 일로 멜트 님과 더 친해진 기분이 들어요.

……에헤헤, 기뻐요.

"그런데, 멜트 님은 내일부터 어떻게 하시나요?"

"물론 작업을 계속해야지! 뭐, 조금 마음에 안 드는 구석이 있었는데, 어차피 무너진 김에 고쳐야겠어. 그렇지, 다들?"

멜트 님의 말에 장인 분들이 고개를 끄덕이셨어요.

후훗…… 정말 강하고 착한 분들이에요.

히나도 더 본받아야 해요……!

"그럼 내일도 잘 부탁드려요."

"무슨 소리야? 뼈까지 부러졌다면서? 넌 치료해야지."

"아악! 손가락으로 찌르지 마셔요……!"

"다 낫고서 복귀해도 늦지 않으니까, 확실히 나아서 돌아와."

"……후훗, 고마워요."

"그럼 어서 가서 치료받아! 진 씨, 환자 이송 정도는 할 수 있지?"

"무, 무슨 소릴 하는 건가요, 멜트 님!"

멜트 님의 입을 막으려고 했지만 온몸이 아픈 탓에 움직일 수 없었어요.

"그러면 잘 부탁해! 나중에 병문안 갈게~, 히나!"

손을 흔들며 도망치는 멜트 님. 히나는 그 자리에서 씩씩대며 화내는 것밖에 할 수 없었어요.

"뭐, 열심히 노력한 공주님에게 이 정도쯤은 해줘도 괜찮지 않을까?"

싱긋 웃은 진 님은 한쪽 무릎을 꿇으며 공주님 안기를 권하셨어요.

저 손을 잡으면 품에 안겨 왕성까지 갈 수 있겠죠.

정말 매력적이고 감미로운 일이에요. 그야말로 둘도 없는 기회겠지요. 하지만…….

"……그러지 않아도 괜찮아요. 제 발로 걸어서 돌아갈게요."

히나는 공주님이 되고 싶은 게 아니랍니다.

"아니…… 뼈가 부러졌는데 움직이려고? 무리하지 않아도 되는데?"

"마족이니 이 정도는 괜찮아요. ……그보다 히나는 지금 진 님 옆에서 걷고 싶은 기분이에요."

"……그렇구나."

히나의 진 님은 만족스러운 표정으로 일어나시더니 히나의 오른손을…… 하엣?!

예상치 못한 행동에 뇌가 처리하지 못해 얼빠진 표정을 보이자, 진 님은 장난을 성공한 아이 같은 웃음 지었어요.

"돌아갈 때는 손잡고. 그렇지?"

"자, 잘 알고 계시네요……!"

뭘 잘 안다는 거죠?! 히나는 재치 있는 대답 하나 내놓지 못하는 건가요?!

"좋아, 그럼 돌아갈까?"

"……네, 돌아가요. 우리의 집으로."

그대로 히나는 진 님과 손을 잡고 걷기 시작했어요.

평소에는 히나가 손을 잡지만, 오늘은 진 님이 손을 잡아주셨어요.

손끝에서 진 님의 온기가 느껴져요.

아아~, 손가락이 천국으로 끌려가요~!

"……후훗."

그래요. 저는 진 님이 손을 잡아주는 것만으로 천국에 가버릴 듯한 행복감을 얻을 수 있어요.

참 새삼스러운 생각에 무심코 웃음이 새고 말았어요.

"뭐 재밌는 일이라도 있었어?"

"네, 대단히. ……확실히, 멜트 님의 말대로네요."

"무슨 일인지는 모르겠지만, 히나한테 좋은 일이 있었나 보네."

"네. 맞아요. 덕분에 저도 마음이 정리됐어요."

제가 지나치게 복잡하게 생각했던 거였어요.

멜트 님에게 들은 조언을 마음속에서 되뇌어 보니 알겠어요.

"히나는…… 진 님을 동경했어요."

"…………."

히나가 공주님 안기를 거절했을 때부터 알아차렸을지도 몰라요.

진 님은 묵묵히 히나의 이야기를 들어주셨어요.

"진 님과 처음 만난 날. 히나는 '호감'이 아니라 '동경'으로 진 님을 납치하려 했어요. 제가 정말 좋아하는 책의 등장인물과 똑 닮았었거든요. 결국 당시의 진 님은 히나가 '동경하는 왕자님'이었던 거죠."

그 감정은 방향성도 모르는 채 성장했고, 오로지 '동경하는 왕자님'을 차지하기 위해 히나는 엘프 마을을 습격했죠.

히나는 그때야 비로소 이야기의 '등장인물'이 아닌 진 님의 말을 들었어요.

『진 님은…… 진 님도 히나가 원하면 대화를 해주시나요?』

『물론. 얼마든지 해줄게. 그곳이 설령 마왕성이라고 하더라도.』

『정말인가요? 약속하시는 거죠?』

『그래, 약속할게. 내가 살아있는 한.』

그때 히나의 마음에 '동경하는 왕자님'이 아니라 '진 님'의 말이 새겨졌어요.

이때부터 히나의 마음에는 진 님을 향한 '호감'과 '동경'이 섞이기 시작했어요.

"그리고 왕도에 온 이후, 진 님과 함께 보내는 시간을 거듭할수록 히나의 마음은 점점 더 커졌어요. 그러다 이윽고 두 감정을 전부 담아내지 못해…… 넘치고 말았죠."

그게 지난번에 저지른 자각 없는 고백 사건이에요.

진 님은 히나와 진지하게 마주했기에 알고 계셨어요. 그게 동경에서 넘친 감정이라는 걸.

그래서 '동경하는 왕자님'을 향한 고백을 거절한 거겠죠.

"진 님은 히나에게 기회를 주셨죠. 한 번 더 자신의 마음과 마주할 기회를."

그때, 진 님은 확실히 이렇게 말했죠.

차이면서 들은 말이라 한 글자 단위로 뇌에 새겨져 있어요.

'히나가 싫은 건 아니야. 하지만 지금 히나의 마음을 받아들이는 건 무책임하다고 생각해.'

무책임…… 그건 진 님이 히나가 '동경하는 왕자님'으로서 응하는 것. 즉 히나가 히나의 마음을 자각할 기회를 뺏는 일.

진 님은 히나의 마음을 소중히 하기 위해 히나의 고백을 거절했겠죠.

"그런 게 아니야. 난 히나가 나에게 품은 동경에 부응할 수 없다고 생각했기 때문에 거절했어. 그런 상황에 다시 일어선 히나가 대단한 거야."

"후훗…… 진 님은 끝까지 히나를 배려하시네요."

지금도 히나가 상처받지 않도록 신중하게 이야기하고 있어요.

하지만 히나에겐 자신의 마음을 다시 살펴보는 기회가 된 것 또한 사실.

진 님의 말을 어떻게 받아들일지는 히나의 자유에요. '동경'은 아니게 되었으니 더 이상 환상은 품지 않아요.

"히나는 진정한 의미로 진 님을 좋아하던 게 아니었어요. 하지만 방금 일로 깨달았어요. 히나의 진정한 감정을요."

……히나는 진 님이 구하러 와주셨을 때, 자신의 역할이 끝났다고 생각했어요.

히나의 '동경하는 왕자님'인 진 님이 알데로를 쓰러뜨리고 평화가 찾아와 해피 엔드.

하지만 진 님이 싸우는 모습을 보고, 응원하는 멜트 님을 보고,

히나가 바라는 건 그게 아니라는 걸 깨달았어요.

"진 님과 멜트 님의 말이 히나를 이끌어줬어요."

진 님에게 차이면서 진 님을 향한 마음이 얼마나 컸는지를 비로소 깨달았고, 멜트 님의 격려로 마음속 깊이 잠들어 있던 감정을 깨달을 수 있었어요.

히나는 '동경하는 왕자님'을 기다리는 '공주님'이 아니라 함께 걸으며 협력하는 '아내'가 되고 싶었던 거예요.

"……그러니 이제는 히나의 '진심'을 말할 수 있어요."

히나가 멈춰 서자 진 님도 걸음을 멈추고 히나를 향하셨어요.

이 말을 하는 건 두 번째지만 긴장은 처음 할 때보다 더 컸어요.

애초에 첫 고백은 무의식적으로 했으니 당연하다면 당연하지만요…….

진 님의 얼굴을 똑바로 바라보았어요.

다정함이 느껴지는 처진 듯한 눈꼬리.

살짝 가늘어진 빨간 눈동자.

오뚝한 코.

본 사람을 안심시키는 미소를 띤 입가.

……진 님의 얼굴을 이렇게 차분히 본 건 처음일지도 몰라요.

얼굴이 이렇게나 멋졌군요.

서로 껴안았을 때보다 더 격렬하게, 생명을 불태우듯이 세차게 고동치는 심장.

히나의 마음에 붙은 불은 사라지지 않았어요.

오히려 전보다 더 강하게 활활 타고있죠.

……진정한 사랑은 이렇게나 멋진 것이었군요.

그에게서 느껴지는 시선도, 손의 따뜻함도, 전혀 다르게 느껴졌어요.

"사랑해요, 진 님. ——진심으로, 상냥한 당신을 사랑합니다."

히나의 말로, 히나의 마음을 진 님에게 전하고 싶기에.

Epilogue

에필로그

우리에게 배정된 왕궁의 방.

그곳에서 난 무릎 꿇고 앉아 이마를 바닥에 대고 있었다. 옆에는 히나가 벌벌 떨면서 함께 머리를 숙이고 있다.

내 등에는 류시카를 안은 레키가 타고 있고 유우리는 어디서 가져왔는지 채찍으로 내 머리를 찰싹찰싹 때렸다.

"——그래서 히나의 고백을 OK했다고요?"

"저, 정확히는 달라요, 유우리 님! 앞으로는 이성으로서 히나의 마음과 마주하겠다고 말씀하셨을 뿐——."

"히나는 조용히 하세요. 지금은 진 씨를 심문하고 있으니."

"삐잇?!"

히나의 겁먹은 목소리가 방에 울렸다.

이럴수록 내가 책임감 있게 행동해야…….

"……유우리의 말대로입니다. 히나의 마음을 저버리는 건 잘못됐다고 생각했습니다."

"흐~음? 매일매일 아이를 갖고 싶다는 우리의 어필은 무시하는데, 히나의 마음에는 반응하는군요? ……류시카 씨."

"'칼로리 오버'."

"끄으으으으으윽!"

등에서 나서는 안 되는 소리가 났어! 뚜둑 하고! 우두둑 하고!

체중을 늘리는 마법이다. 결과적으로 등에 무게추가 실린다고 생각하면 된다.

무게에 절대적인 대미지를 받는 허리와 평생 들 수 없는 머리에 가해지는 부하를 걱정하면서도, 난 어떻게든 필사적으로 목소리를 쥐어짰다.

"아, 앞으로는…… 한층 더! 레키, 유우리, 류시카의 마음과 마주할 생각입니다……!"

이 사태는 내가 초래했다.

히나의 마음을 받아들였으면서 히나보다 더 오래 지낸 셋의 마음을 무시하는 건 도리에 어긋난다.

"……다시 말해서 앞으로는 우리의 변태 짓도 거부하지 않는다는 뜻인가요?"

"난 바보니까 똑바로 말해주지 않으면 몰라."

"다음 단계는 100kg이야."

"네!!! 전력으로 변태 짓을 하겠습니다!!!"

"와~ 다들 들었죠! 이제 진 씨는 오늘부터 저희한테서 도망칠 수 없어요!"

"응. 몸이 근질거려. 반드시 진을 하룻밤…… 아니, 두 밤은 안 재울 자신 있어."

"후후후…… 사실은 그런 행위를 위한 마법도 있어. 이야…… 기대되네……."

삼인삼색의 좋지 않은 웃음소리가 울렸다.

정말로 그녀들은 '용사 파티'일까? 웃는 모습이 악역인데?

그렇다고는 해도 나에게 불평할 권리는 없으니 엎드린 채로 머리 너머로 들을 수밖에 없었다.

그리고 류시카는 슬슬 마법을 풀어줬으면 한다.

진짜 허리뿐만 아니라 다리까지 박살 날 것 같다. 이미 피도 잘 안 도는 것 같다.

아까부터 발끝의 감각이 없다.

"이, 이게 '용사 파티'…… 두려워요……!"

히나가 겁에 질려 떠는 목소리로 중얼거렸다. 나는 속으로 격하게 동의——

"히나도 여러분에게 가혹한 공격을 배워야겠어요!"

——안타깝게도 같은 편은 한 명도 없었다.

난 앞으로 자신에게 닥쳐올 현실에 마음의 눈물을 흘렸다.

◇◇◇◇◇

"그런가…… 보고 수고했다."

전에 없이 진지한 표정으로 수염을 쓰다듬는 국왕.

우리 '용사 파티'는 단신으로 왕도에 온 알데로를 격파했다.

물론 히나와 진만 싸우고 우리 셋은 사람들의 피난을 유도하거나 2차 피해를 억제했을 뿐이지만.

그래서 '용사 파티(진 제외)'가 이렇게 보고하고 있다.

히나는 진을 간병하고 있다. 뭐, 그렇게 만든 건 우리지만.

지금쯤 둘이 꽁냥대고 있을 것이다.

직감을 발휘한 레키는 유우리와 함께 방에서 뛰쳐나가 히나와 진이 있는 방으로 향했다.

전에는 고백도 하지 않고 갑자기 일을 치르려고 해서 막았다고 들었는데 ——그야 우리도 아직인데 먼저 하는 건 용서할 수 없다—— 고백이라면…… 뭐, 눈감아주자.

먼저 진을 좋아하게 된 아내로서 여유를 보여줘야지.

그리고 나까지 여기서 나가버리면 눈앞에 있는 옛 친구가 불쌍하다.

이런 착한 에피소드는 진에게 점수를 많이 딸 수 있다.

나중에 자연스럽게 어필하면, 나중에 나도 진과 좋은 걸 할 수 있을지도 모른다.

훗…… 둘은 히나에게 너무 초조함을 느껴서 판단을 잘못한 것 같군.

"……자네, 뭔가. 그 나쁜 짓을 꾸미는 웃음은?"

"딱히? 그보다, 이번 사건에 대해 어떻게 생각해?"

"마족이 날뛰지도 않고 혼자서 잠입한 건 몹시 이례적인 일이군."

"이번엔 왕도에 피해를 주는 게 목적이 아니었던 것 같으니까."

"그래, 마왕의 딸을 제거할 요량이었다지? 틀림없나?"

"현장에 있던 자들이 모두 똑같이 증언했다. 놈이 거짓말한 게 아니라면 그게 사실이겠지."

"그렇군……."

이번 일로 히나와 마왕군의 관계가 증명되었다.

울발트도 그걸 올바르게 이해하고 있을 것이다.

그렇기에 히나의 처우를 망설이고 있는 건가.

"어찌 됐든 이번엔 '용사 파티'와 히나의 노력으로 인해 평화는 깨지지 않았다. 그 노력은 인정해야겠지."

"그렇다는 건……."

"정식으로 히나를 맞이하지. 마왕의 딸인 건 아무래도 공표할 수 없겠지만……."

"그건 현명한 판단이다. 히나와도 협력해서 함께 마왕을 쓰러뜨리── 응?"

류시카가 하던 말을 중단한 건 문을 힘차게 열고 들어온 남자가 있었기 때문이다.

그 사람은 침입자가 아니라 각국에 배치된 전령이었다.

숨을 헐떡이는 걸 보아 전력으로 여기까지 왔음을 알 수 있었다. 그야말로 어전에서 예의를 챙길 여유도 없을 만큼 긴박한 정보를 가져온 듯했다.

울발트가 손짓하여 부르자 비틀거리는 발걸음으로 다가가 그의 귓가에 입을 대고 두 마디, 세 마디 중얼거렸다.

"뭐라?!"

울발트가 무심코 일어나 언성을 높였다.

무슨 소식일지 짐작이 갔지만, 그를 진정시키기 위해서 굳이 다시 물었다.

"무슨 일이지?"

"……제국이 마왕군에게 점령당했다."

"생각보다 빠르군. 제국에 미리 말은 전해뒀겠지?"

"당연하지. 제국은 이미 마왕군과의 전쟁에 대비하고 있었다. 그럼에도……."

제국의 패배.

제국도 '용사 파티'에 미치진 못하더라도 강자가 많이 있었을 것이다.

하지만 결과는 패배.

이 사실은 곧 인근 국가들로 퍼지며 마왕군에 대한 경계심을 끌어올릴 것이다.

더구나 레키가 마왕을 정화한 상태이니, 마족은 당장 완전한 상태가 될 수 없다. 하물며 제국과 충돌하여 지쳐있을 터.

비록 제국이 패하긴 했으나, 마왕군을 토벌할 절호의 기회임은 틀림없다.

"이게 마왕의…… 마족과의 마지막 싸움이 되겠군."

말 그대로 총력전.

인류, 장수족, 드라고나, 비스트, 드워프, 머메이드…… 여섯 종족 모두가 힘을 합쳐 마왕을 쓰러뜨린다.

마왕을 쓰러뜨린 그때에는 히나를 수장으로 앉힌 마족도 포함해 싸움 없는 세상을 만들기 위해서.

"바로 그들을 불러와서 책략과 계획을 정하지."

“음, 부탁한다. ……결판을 내자. 미래의 세계 평화를 위해.”

Afterword

후기

안녕하찌찌! (감동의 재회)

여러분, 정말 오랜만입니다. 변태입니다! 키노메입니다!

약 1년을 두고 나온 신간…… 정말 오래 기다리셨습니다. 원인을 간단히 말하자면, 이사 직후에 정말 좋아하는 할머니가 천국으로 떠나시고 이런저런 일이 있어서 집필할 멘탈이 아니라서…… 그런 느낌일까요.

그런 글러 먹은 상태였음에도 불구하고 전 담당 편집인 N님, 현 담당 편집인 I님, 일러스트 담당인 노조미 선생님께서 이해해주셔서 이렇게 4권을 낼 수 있었습니다.

정말 감사합니다……!

그래서 이번 4권의 내용인데, 지금까지의 '용사 파티'와는 달리 히나와 사람들의 관계에 중점을 둔 이야기가 되었습니다.

지금까지도 조금씩 등장했던 그녀가 진에게 영향을 받아 생각을 바꾼 후, 어떤 미래를 그렸는가.

그리고 어떤 식으로 사람들과 관계를 맺어가는가. 히나라는 한 여자아이의 성장과 사랑 이야기를 즐겨주셨으면 좋겠습니다.

물론 히나뿐만 아니라 레키, 유우리, 류시카 새 신부 삼총사와 얽히는 것도 충분히 즐겨주시기를 바랍니다. 전반에는 다른 의미로 잔뜩 얽혔지만요. ㅋㅋㅋ

히나라는 새 동료가 추가되어 앞으로 어떻게 되는가.

부디 다음 권을 기대해 주셨으면 좋겠습니다.

그리고 한 가지 알리겠습니다. '용사 파티' 만화화가 시작됐습니다!

작화 담당은 젯쿄 아이스 선생님입니다. 레키와 모두가 정말 귀엽고 재밌게 그려졌어요!

이미 카도코미 등에 게재되어 있으니 꼭 한 번 읽어주세요.

그럼 감사 인사를 하겠습니다.

전 담당 편집 N님, 현 담당 편집 I님. 제가 미숙한 탓에 정말 폐를 많이 끼쳤습니다. 이렇게 후기에서 감사 인사를 쓸 수 있는 것도 두 분 덕분입니다. 정말 감사합니다.

일러스트 담당 노조미 선생님. 이번에도 근사한 일러스트를 많이 그려주셔서 감사합니다. 특히 마지막의 히나 일러스트는 지금까지 소녀였던 그녀가 어른으로 성장한 것을 느낄 수 있어서 감동했습니다.

교정자님, 디자이너님, 인쇄소 분들. 이 작품 제작을 도와주신 분들께 큰 감사를 바칩니다.

그리고 마지막 순서가 됐는데, 여기까지 함께하신 독자님. 이후에도 펼쳐질 진과 모두의 이야기를 기대해 주십시오. 이상으로 마무리하겠습니다.

용사 파티에서 잘려서 고향에 돌아갔더니 멤버 전원이 따라왔다만 4

2026년 2월 15일 1판 1쇄 발행

저 자 키노메
일러스트 노조미
옮긴이 박정철
발행인 유재옥
이 사 조병권
편집부 정영길 박치우 조찬희 이소의 정지원 최유정 김혜주
디자인랩팀 김보라 전세연
디지털사업팀 김지연 윤희진 장혜원
라이츠사업팀 김정미 유아현
영업마케팅팀 김민
물류팀 백철기
경영지원팀 최정연
인쇄제작처 ㈜코리아피엔피
발행처 ㈜소미미디어
등 록 제2015-000008호
주 소 서울시 마포구 토정로222, 502호 (신수동, 한국출판콘텐츠센터)
판매 및 마케팅 (070) 8822-2301

ISBN 979-11-384-8963-8
ISBN 979-11-384-8547-0 (세트)